Le diamant d'un Argentin

MAYA BLAKE

Le diamant d'un Argentin

Traduction française de
LOUISE LAMBERSON

AZUR

HARLEQUIN

Collection : Azur

Titre original :
ACCIDENTALLY WEARING THE ARGENTINIAN'S RING

HARPERCOLLINS FRANCE
83-85, boulevard Vincent-Auriol, 75646 PARIS CEDEX 13
Service Clients — https://www.harlequin.fr/contenu/contactez-nous
ISBN 978-2-2805-1730-0 — ISSN 0993-4448

Édité par HarperCollins France.
Composition et mise en pages Nord Compo.
Imprimé en mai 2025 par CPI Black Print (Barcelone)
en utilisant 100% d'électricité renouvelable.
Dépôt légal : juin 2025.

FSC www.fsc.org MIXTE Papier issu de sources responsables FSC® C159065

Pour limiter l'empreinte environnementale de ses livres, HarperCollins France s'engage à n'utiliser que du papier fabriqué à partir de bois provenant de forêts gérées durablement et de manière responsable.

1

Mareka Dixon savait très bien pourquoi elle enchaînait les défis. Se réveiller avant que le réveil sonne, par exemple.

Pas la peine d'être psychologue pour comprendre d'où cela lui venait. Et de toute façon, elle ferait mieux de se concentrer sur sa destination :

Smythe Square, Knightsbridge.

Plus précisément, un établissement répondant au nom de « Smythe ». L'un de ces endroits ultra-chics où le simple fait d'avoir l'air un tant soit peu perdu vous valait des regards dédaigneux, et où ses boucles indisciplinées et ses rondeurs attiraient des coups d'œil aussi incrédules que réprobateurs.

Aujourd'hui, Mareka s'était habillée en fonction du fait que, pour autant qu'elle sache, son patron trop séduisant, très exigeant, hyper intelligent et milliardaire de surcroît, se trouvait de l'autre côté de l'Atlantique. Pas la peine de s'acharner à dompter sa chevelure rebelle, ni de se maquiller avec soin comme elle le faisait quand il venait à Londres. Elle était néanmoins arrivée à 7 h 15 et avait travaillé sans s'arrêter, pas même pour déjeuner, comme d'habitude.

Elle baissa les yeux sur l'écran de son téléphone qu'elle tenait à la main. À en juger par la position du point bleu, elle se rapprochait de sa destination. Pour la dixième fois au moins, Mareka palpa la carte noire glissée dans sa poche pour vérifier qu'elle s'y trouvait toujours. C'était tout ce que contenait la boîte, noire elle aussi, déposée cet après-midi au bureau par un coursier, à l'attention de M. Figueroa.

Depuis qu'elle travaillait pour Cayetano au siège londonien de Figueroa Industries, elle était accoutumée à organiser des événements somptueux et à acheter des présents luxueux. Mais la livraison de la boîte et de son mystérieux contenu semblait indiquer qu'elle avait gravi un échelon important. D'où sa nervosité lorsque Cayetano l'avait appelée une heure plus tôt pour l'informer qu'il se trouvait à Londres et que son rendez-vous avait duré plus longtemps que prévu.

Mareka avait préféré ne pas se demander pourquoi elle se sentait blessée qu'il n'ait pas daigné l'informer qu'il venait à Londres. Ni pourquoi cette pensée réveillait son vieux sentiment de ne pas être à la hauteur.

Elle avait tout refoulé en bloc parce que, primo, elle devait s'accrocher au boulot le mieux payé qu'elle ait jamais eu, et secundo, parce que Cayetano avait parlé à son rythme rapide habituel, s'attendant à ce qu'elle suive et assimile chacune de ses paroles prononcées avec cet accent dangereusement sexy.

Aussi avait-elle répondu, un peu crispée, que, oui, une boîte était arrivée pour lui. Oui, elle contenait bien une carte noire portant une adresse, un numéro de téléphone et, au recto, ce qui ressemblait à un code. Et que, oui, elle se rendrait à cette adresse et le remplacerait jusqu'à son arrivée.

Qui se souciait qu'il soit presque 19 heures et qu'elle ait prévu de passer son vendredi soir à regarder tranquillement un film chez elle en savourant sa crème glacée préférée ? Et qu'elle porte des talons de sept centimètres depuis plus de douze heures ?

Cela faisait trois mois qu'elle travaillait pour Cayetano. Un record, comparé aux passages éclair des quatre assistantes qui l'avaient précédée. Et, même si ses parents exceptionnellement doués la regardaient de haut, Mareka considérait cela comme une réussite, une avancée capitale vers le but qu'elle s'était fixé et qui lui tenait tant à cœur.

« Vous êtes arrivé à destination. »

Elle sursauta en entendant la voix claire et neutre qui avait jailli de son téléphone puis s'arrêta devant l'immeuble de trois étages qui se trouvait devant elle et dont la porte laquée noire ressortait sur la blancheur de la façade.

— Excusez-moi, mademoiselle. Seriez-vous perdue ?

Mareka tourna les yeux vers l'homme de très haute taille et vêtu d'un costume strict qui, immobile à une dizaine de mètres d'elle, l'observait d'un air méfiant.

— Non, pas du tout, répondit-elle avec assurance. Je sais exactement où je suis.

Peut-être un peu trop d'assurance, même, parce qu'elle ne voyait nulle part le nom qu'elle cherchait.

Décontenancée et un peu effrayée par l'homme qui, de toute évidence, portait une arme sous sa veste, elle lui tourna le dos et fit quelques pas en sens inverse, pour se retrouver face à un sosie du garde.

— Que cherchez-vous, au juste, mademoiselle ? demanda celui-ci.

— Parce que si vous n'êtes pas attendue, je vous conseille de partir avant que je sois contraint d'appeler la police, enchaîna sèchement le garde numéro un.

Elle sortit la carte noire de sa poche et la lui tendit.

— J'ai un rendez-vous...

La transformation des deux hommes frisa le comique.

— Bien sûr, madame. Toutes nos excuses pour ce malentendu.

D'un geste déférent, le garde numéro deux l'invita à s'avancer vers son collègue, lequel se tourna vers le mur et pianota sur un petit clavier dissimulé dans le mur.

— Je vous en prie, par ici.

Médusée, Mareka vit la porte, haute de plus de trois mètres et ne comportant aucune poignée visible, pivoter vers l'intérieur, révélant un magnifique hall. Quand elle s'avança, le garde numéro deux se mit au garde à vous.

Accompagnée du cliquetis de ses talons sur le marbre couleur ivoire et du bruit des pas de sa petite escorte, Mareka gravit quelques marches et réalisa que ce hall superbe faisait partie de ce qui, à en juger par les œuvres exposées, était sans doute un musée ou une galerie d'art. Une élégante chaise longue était installée sous un immense tableau qu'elle reconnut mais sans parvenir à l'identifier.

Elle se mordit la lèvre et regarda autour d'elle. Devait-elle s'asseoir et feindre d'admirer les œuvres d'art en attendant l'arrivée de Cayetano ?

— L'ascenseur vous conduira à l'étage approprié, madame, dit le garde numéro deux, d'un ton nettement plus cordial. Il vous suffira d'entrer le code inscrit derrière la carte pour l'actionner.

Après avoir hoché la tête d'un air entendu, alors qu'elle se demandait sur quelle planète elle avait atterri, Mareka aperçut l'ascenseur en question situé tout au fond du hall et continua d'avancer. Puis, s'efforçant de maîtriser le tremblement de sa main, elle entra le code et vit les portes coulisser sans bruit. Dès qu'elle fut entrée dans la cabine, le garde l'y rejoignit, appuya sur la touche du deuxième étage et ressortit promptement.

— Bonne soirée, madame.

Craignant de ne pouvoir articuler un son, elle se contenta d'un second hochement de tête, puis s'adossa à la paroi dès que les portes se furent refermées et inspira profondément.

Si Cayetano ne l'avait pas envoyée dans cette galerie pour acheter une œuvre d'art, que faisait-elle là ?

La cabine s'immobilisa. Les portes coulissèrent de nouveau en silence. Mareka déglutit, passa ses paumes moites sur sa jupe de tailleur et s'avança dans un espace sans fenêtres, éclairé uniquement par trois superbes lustres en cristal. Des tentures de soie ivoire recouvraient les murs, des sofas de la même teinte étant répartis çà et là, sur un tapis épais d'une teinte à peine plus prononcée.

Comme le rez-de-chaussée, l'endroit paraissait désert, mais au fur et à mesure que Mareka se rapprocha des longues vitrines sur pied trônant au centre de l'espace, elle commença à comprendre pourquoi elle se trouvait ici en apercevant les somptueux bijoux exposés sous les vitrines.

Dans la première se trouvaient des broches ayant pour thème des animaux : une panthère d'un noir de jais aux yeux de diamants ; un colibri aux ailes de saphirs, d'émeraudes et de rubis ; un serpent tout en or jaune rehaussé d'écailles faites de diamants jaunes.

La deuxième contenait des diadèmes et des couronnes ressemblant à celles que Mareka n'avait vues que dans les magazines people.

Éblouie, elle se dirigea vers la troisième vitrine où étaient présentés des colliers et des bracelets d'une beauté à couper le souffle, lorsqu'une toux discrète résonna derrière elle. Pivotant sur elle-même, elle vit une femme mince et élégante qui se tenait à quelques pas et l'observait en silence.

Vêtue d'une robe noire à encolure bateau mettant sa taille fine en valeur et s'arrêtant au genou, la femme avait quelque chose de saisissant et de singulier qui impressionna Mareka sans qu'elle sache pourquoi. Peut-être cette impression venait-elle de la coupe déstructurée des cheveux noirs aux reflets bleus – elle aurait juré que c'était une perruque.

Ou encore des yeux d'un bleu trop dur pour être naturel, indiquant qu'elle portait des lentilles de contact.

La femme s'avança vers elle et lui tendit la main d'un geste précis aussi peu naturel que la teinte de ses yeux.

— Je suis Mlle Smythe, déclara-t-elle d'une voix dépourvue de toute inflexion.

— Enchantée. Mareka Dixon.

Mlle Smythe baissa les yeux sur la carte qu'elle lui tendait.

— Je m'attendais à voir M. Figueroa.

— Je... Oui, je suis son assistante personnelle. Il a été retardé et m'a chargée de le remplacer.

Une expression déçue traversa fugacement les traits de Mlle Smythe.

— Vous a-t-il également chargée de choisir à sa place ? demanda-t-elle de la même voix monocorde.

Mareka tourna furtivement les yeux vers la vitrine. Le plus sage aurait été de répondre qu'elle préférait attendre l'arrivée de Cayetano. Mais si elle avait tenu aussi longtemps à son poste, n'était-ce pas parce qu'elle savait prendre des initiatives quand il le fallait ?

— En effet, acquiesça-t-elle brièvement.

Le cœur battant à tout rompre, elle regarda les bijoux probablement hors de prix et fut terrifiée à la perspective d'en choisir un pour une destinataire inconnue – et sans la permission expresse de Cayetano Figueroa.

Un léger amusement se lut sur le visage de Mlle Smythe, laquelle reprit aussitôt son expression neutre.

— Très bien. Suivez-moi, s'il vous plaît.

Contournant les vitrines, elle orienta un petit appareil qui ressemblait à une minuscule télécommande vers le mur de droite. Les rideaux de soie s'écartèrent, révélant une vitrine plus petite que les autres. Tétanisée, Mareka découvrit des douzaines de... bagues de fiançailles.

Cette vision lui causa un choc terrible. Pas à cause de l'étendue du choix qui s'offrait à elle, non. À cause de l'homme qui peuplait ses rêves. L'homme magnifique aux sublimes yeux verts, aux cheveux bruns ondulés et au corps athlétique. L'homme à la beauté somptueuse et à la voix grave et profonde, à l'accent et au timbre si sensuels.

L'année passée, lors d'un voyage en Italie où elle avait accompagné son patron à l'occasion d'un G7, Mareka avait accepté, avec une audace et une témérité qui ne lui ressemblaient pas, l'invitation à dîner de Cayetano, et au moment du dessert, elle était tombée inexorablement sous le charme de l'homme le plus somptueux et, à en croire les tabloïdes, le plus impitoyable de la planète.

Elle avait aussitôt compris l'absurdité de cette attirance funeste et l'avait refoulée résolument, bien sûr, mais, vu la détresse qu'elle éprouvait maintenant à contempler le plateau que lui présentait Mlle Smythe et sur lequel étaient exposées des bagues superbes, cela n'avait pas servi à grand-chose.

— Mademoiselle Dixon ?

Mareka leva les yeux vers celle qui devait être la propriétaire de cet établissement strictement réservé à l'élite.

Elle brûlait de lui demander le nom de celle que Cayetano allait épouser mais elle réussit à se contrôler. Inutile de se retrouver en plus au chômage. Les jambes légèrement tremblantes, elle se dirigea vers la table basse sur laquelle était posé un seau à glace en argent contenant une bouteille de champagne millésimé – celui-là même qu'elle commandait pour Cayetano –, deux flûtes en cristal et des truffes au chocolat présentées dans une coupe à pied assortie.

Cayetano Figueroa ne ferait bientôt plus partie des célibataires les plus convoités du monde.

Sentant ses jambes faiblir, Mareka s'assit sur le sofa et regarda fixement les bagues exposées sur le velours gris perle. Laquelle offrirait-il à sa fiancée ? Le diamant bleu ? Le diamant rose taille poire flanqué de deux rangées de petits diamants taille baguette ?

Mlle Smythe s'avança à son tour vers la table, souleva la bouteille et versa du champagne dans l'une des flûtes avec une élégance tout aristocratique.

— Je vous laisse choisir tranquillement, murmura-t-elle après lui avoir tendu la flûte de champagne.

Mareka acquiesça d'un hochement de tête et remarqua à peine le départ de Mlle Smythe. Portant la flûte à ses lèvres, elle but une gorgée de champagne dans l'espoir de calmer l'agitation qui régnait en elle. Quoi de mieux que du champagne millésimé pour noyer ce chagrin absurde ? Elle secoua la tête et laissa échapper un petit rire hystérique, avant de sursauter en entendant son téléphone vibrer dans son sac.

— Êtes-vous arrivée, mademoiselle Dixon ? demanda la voix profonde et reconnaissable entre mille dès qu'elle appuya sur « Répondre ».

Elle resserra les doigts autour de l'appareil.

— Oui, je suis sur place.

— Parfait. Je serai là dans une demi-heure. Faites une première sélection pour moi, cela me fera gagner du temps.

— Ainsi... c'est vrai ? Vous... Vous vous fiancez ? ne put-elle s'empêcher de bredouiller.

Silence.

— En effet. Je me fiance.

Ces quelques mots furent prononcés de la même voix profonde, avec la même assurance.

Quelque chose se flétrit en Mareka puis mourut. Mais le pire, c'est que, au lieu de se sentir libérée, elle céda au réflexe de défense mis en place pour se protéger du dédain perpétuel de ses parents à son égard.

— Les félicitations s'imposent, alors, dit-elle d'un ton faussement enjoué.

Nouveau silence. Interminable.

— *Gracias*, répliqua enfin Cayetano

— Voulez-vous que je rédige un communiqué de presse ?

— Ce ne sera pas nécessaire. Tout est pris en charge.

La trop familière sensation d'insuffisance la lancina.

Mareka l'ignora.

— Oh ! je vois. Très bien. J'attends votre arrivée.

— Oui, c'est cela.

Sur ces mots, il raccrocha.

Au fond, c'était une bonne chose, se rassura-t-elle en reprenant sa flûte de champagne. Désormais, elle ne passerait plus son temps à fantasmer sur lui ! Elle ne repenserait plus sans cesse à ce… cet épisode troublant, après ce dîner, en Italie, quand elle avait été certaine qu'il allait l'embrasser.

À présent, elle pourrait consacrer ses soirées et ses week-ends à des activités plus productives. Se concentrer sur son rêve de toujours, par exemple. Son projet de créer une association destinée à aider des jeunes filles et des jeunes femmes à devenir autonomes et à défendre leurs droits. Elle avait mis suffisamment d'argent de côté pour démarrer une toute petite fondation.

Et si elle échouait ?

Sa poitrine se noua. Mareka repoussa ses doutes et se força à fixer les diamants et les pierres précieuses étincelant de mille feux. Après avoir bu une nouvelle gorgée de champagne pour se donner du courage, elle souleva une première bague et, retenant son souffle, regarda la lumière jouer sur le magnifique diamant de forme rectangulaire.

Elle le mit de côté et en prit un deuxième, un troisième… Au sixième, elle s'arrêta, fascinée par la beauté du diamant taille coussin sublimé par des petits diamants sertis pavés de part et d'autre de l'anneau. Il était… unique, délicieusement féminin et follement romantique.

Pas question d'essayer cette bague. Ça aurait été suicidaire. Mareka la reposa à regret, saisit la bouteille de champagne et remplit sa flûte vide. Un quart d'heure plus tard, elle avait sélectionné huit bagues, toutes parfaites et susceptibles de faire se pâmer n'importe quelle femme. Surtout face à un homme comme Cayetano agenouillé devant elle, la tête inclinée vers elle tandis qu'il…

Non. Assez divagué !

Mareka contempla de nouveau les huit bagues et se concentra sur le diamant taille coussin. Il était vraiment sublime. Elle ne ferait de mal à personne en l'essayant, après tout. Rien qu'un tout petit instant.

Elle reposa la flûte en cristal sur la table et, le cœur battant la chamade, tendit la main vers la bague… Une vision surgit dans son esprit, celle d'un magnifique Argentin la lui glissant au doigt, puis l'enlaçant et rapprochant son visage du sien...

Un halètement franchit ses lèvres. Mareka leva la main et fit tourner la bague sous le lustre.

— Mais quelle merveille, quelle beauté !

Parce qu'elle parlait aux objets inanimés, maintenant ?

— Peu importe, murmura-t-elle. Tu es absolument...

Elle tressaillit violemment en entendant quelqu'un s'éclaircir la voix derrière elle et se leva précipitamment, horrifiée. Elle savait à qui appartenait cette voix. Et elle ne voulait pas se retourner, même si elle était forcée de le faire.

Il lui fallut quelques instants pour se ressaisir avant de se retourner et de faire face à Cayetano qui se tenait à un mètre d'elle. Il la dévisagea en silence, les mains dans les poches, la veste déboutonnée, la cravate desserrée. Mais elle ne s'y trompa pas. Ce qui se lisait dans les yeux vert émeraude, c'était de l'irritation, de l'incrédulité, et du cynisme. Ainsi qu'un soupçon de pitié...

Mareka avait souvent vu cette même pitié dans les yeux de ses parents, mais la voir dans ceux de Cayetano était au-dessus de ses forces. Elle recula d'un pas et laissa échapper un halètement lorsque son talon se prit dans le tapis. Elle moulina des bras dans tous les sens, tout en sachant qu'elle finirait de toute façon par perdre l'équilibre et s'affalerait lamentablement sur le sol.

Atterrée, elle ferma les yeux pour ne pas voir l'expression de mépris qui devait se lire sur les traits de Cayetano, si bien qu'elle ne le vit pas plonger en avant. En revanche, elle sentit sa chaleur quand il lui passa un bras autour de la taille en même temps qu'il posait l'autre sur son épaule avant de l'attirer contre lui.

— Ça va ? murmura-t-il.

Le souffle chaud caressa l'oreille de Mareka, faisant naître un délicieux frisson qui se propagea partout en elle.

Elle ouvrit les yeux. Peut-être était-ce la combinaison du décor luxueux, presque surréel, qui les entourait et du fantasme insensé auquel elle s'était laissé aller quelques instants plus tôt ;

ou peut-être était-ce seulement l'attirance incontrôlable qu'elle éprouvait pour son patron depuis si longtemps… En tout cas, Mareka leva la main et la referma sur l'épaule de Cayetano. Ses doigts effleurèrent les cheveux épais et doux…

— Oui, chuchota-t-elle. Je… Ça va.

Il ne la lâcha pas, il continua de la regarder, comme s'il ne la croyait pas. Son cœur s'emballa, elle attendit, le souffle court, vit le regard de Cayetano descendre sur sa bouche, les yeux verts s'assombrir… Seigneur, allait-il… ?

Un son strident déchira soudain le silence, les faisant sursauter tous les deux.

— Est-ce bien ce que je crois ? demanda-t-il en fronçant les sourcils.

Cayetano s'adressait à la mystérieuse Mlle Smythe qui venait de réapparaître comme par magie.

— J'en ai bien peur, acquiesça celle-ci avec un hochement de tête. Nous devons évacuer l'immeuble. Suivez-moi, je vous prie.

Puis, sans les attendre, elle tourna les talons.

Cayetano regarda Mareka, l'air pincé, puis la lâcha et recula d'un pas.

— Après vous, mademoiselle Dixon.

Elle recula à son tour… et faillit de nouveau perdre l'équilibre. Mais pourquoi avait-elle repris du champagne, bon sang ? D'autant plus qu'elle était à jeun.

Hyper consciente de la présence de Cayetano derrière elle, Mareka s'efforça de régler son pas sur celui de Mlle Smythe qui continuait d'avancer sans se retourner, et arriva bientôt sur un palier duquel partait un escalier. Quant à Mlle Smythe, elle avait disparu.

Elle agrippa la rampe, descendit une marche et trébucha. Cayetano poussa un juron étouffé. L'instant d'après, elle se sentit soulevée du sol par des mains puissantes.

— Qu'est-ce… Qu'est-ce que vous faites ? bredouilla-t-elle en se retrouvant blottie contre son torse musclé.

— J'essaie de nous éviter de finir carbonisés.

De pire en pire. Elle ferma les yeux et serra les paupières, s'efforçant de ne pas songer au bras passé sous ses cuisses, ni à l'autre, refermé sur son dos, de ne pas savourer la chaleur émanant du corps ferme et viril...

— Je peux marcher, vous savez, protesta-t-elle faiblement.

— Pas avec ces talons, manifestement, répliqua-t-il d'une voix rauque et sexy qui la fit frissonner tout entière. Surtout en cas d'urgence,

Le visage en feu, Mareka s'interdit de penser qu'elle n'était décidément bonne à rien.

— Si vous aviez attendu une seconde au lieu d'intervenir comme un superhéros, j'aurais pu ôter mes talons pour pouvoir descendre plus vite.

La cage d'escalier était plongée dans la pénombre, mais elle vit néanmoins les yeux de Cayetano luire alors même qu'il descendait les marches avec une assurance et un sang-froid impressionnants.

— Au cas où vous ne l'auriez pas remarqué, le temps pressait, mademoiselle Dixon, répliqua-t-il, pince-sans-rire.

Mareka se raccrocha à l'étoffe de sa chemise tandis qu'il descendait les marches de plus en plus vite. Elle chercha une réplique appropriée mais ne trouva rien et se rendit compte confusément qu'ils sortaient de l'immeuble, débouchaient sur une petite place, et que quelques personnes s'agitaient autour d'eux. Mais elle ne pouvait détacher son regard du beau profil de Cayetano. La délicieuse senteur masculine lui caressait les narines. Les battements puissants du cœur de son sauveur résonnaient sous ses doigts, il avait le souffle irrégulier et fixait maintenant sa bouche, entrouvrait les lèvres...

D'un coup, Mareka se retrouva transportée en arrière, en Italie, au moment où elle était tombée inexorablement sous le charme de cet homme superbe et mystérieux. Au moment où elle n'avait désiré qu'une chose : l'embrasser.

Était-ce bien elle qui, une demi-heure plus tôt, s'était crue débarrassée de cette attirance malvenue ?

Une demi-heure plus tôt..., alors qu'elle choisissait la bague de fiançailles qu'il destinait à une autre femme.

Mareka écarquilla les yeux. Il pinça les lèvres. Un flash jaillit, une rafale de flashs, faisant étinceler le diamant de la bague qu'elle avait oublié d'ôter et illuminant leurs deux visages durant une fraction de seconde.

2

Cela devait forcément arriver.

N'allait-il pas de crise en crise depuis trois mois ?

Sa mère avait entamé en secret une énième cure de désintoxication, sans s'inquiéter des retombées médiatiques que cette décision pourrait entraîner sur lui.

Sa dernière négociation était sur le fil du rasoir.

Sa pseudo-fiancée refusait de signer le contrat de mariage qu'elle avait pourtant validé un mois plus tôt.

Et maintenant, il se faisait piéger par un photographe avec son assistante londonienne dans les bras, une bague de fiançailles au doigt. L'assistante qui était la cause non avouée mais bien réelle de sa décision de conduire ses affaires européennes à distance aussi souvent que possible. La créature délicieuse et beaucoup trop attirante qui, dans un bref moment d'égarement, avait bien failli l'amener à franchir une limite interdite.

Cayetano se tourna vers l'endroit d'où avaient jailli les flashs tout en sachant qu'il était vain de chercher le coupable. Les photos avaient déjà dû être envoyées à un tabloïde ou faire le buzz sur les réseaux sociaux. Il retint le grondement qui montait de sa gorge et reporta son attention sur la femme qui gigotait dans ses bras. Des étincelles pétillèrent en lui. Des étincelles causées par l'irritation, se convainquit-il. *Dios mío*, tout à l'heure, il avait été prêt à l'embrasser ! Si elle ne l'avait pas distrait avec cette histoire ridicule de superhéros, il serait resté plus vigilant. Il n'aurait pas savouré le poids délicieux du corps doux et chaud, ne se serait pas émerveillé de la douceur de sa peau, ne se serait pas demandé à nouveau quel goût pouvaient avoir ses lèvres.

C'était sa faute à elle.

Mareka laissa échapper un halètement, puis les belles lèvres pulpeuses esquissèrent une adorable petite moue.

— Pardon ?

Réalisant qu'il avait parlé à voix haute, Cayetano la reposa sur ses pieds à l'instant où ses gardes rapprochés s'arrêtaient en face de lui. Il leur prêta à peine attention. Il ne pouvait détacher les yeux du visage de Mareka qui le foudroyait du regard.

— Comment cela, c'est ma faute ?

Il baissa les yeux sur la main toujours posée sur sa poitrine et où étincelait le diamant, visible par toutes les personnes qui les entouraient.

Cette fois, elle eut au moins le bon goût de rougir.

— Je vous emploie pour votre discrétion, mademoiselle Dixon. Or cet échange est tout sauf discret, murmura-t-il.

Elle entrouvrit les lèvres pour répliquer mais l'un des gardes la devança.

— Désolé, monsieur. Nous sommes venus aussi vite que possible.

À sa suprême irritation, il eut du mal à détourner les yeux de ceux de Mareka et acquiesça d'un bref hochement de tête.

Il ne pouvait tout de même pas leur en vouloir si l'alarme s'était déclenchée. En revanche, il pouvait reporter sa colère sur son assistante. Elle était nerveuse, mais il y avait du défi dans son regard. Soudain elle écarta la main et laissa retomber son bras en refermant les doigts de manière à dissimuler la bague.

— Il est un peu tard, fit Cayetano, les lèvres pincées.

— Ce n'est pas ma faute. L'alarme s'est déclenchée, j'ai voulu vous dire quelque chose, mais vous m'avez soulevée dans vos bras sans m'écouter.

À présent, elle était cramoisie. Il fixa à nouveau sa bouche. Sa belle bouche pulpeuse...

Cayetano maudit la chaleur qui déferlait en lui. Ce n'était vraiment pas le moment de céder à ce genre de pulsion. Surtout pas avec cette femme.

Les mâchoires serrées, il songea à l'autre femme, celle qui était à l'origine de l'une des crises qui empoisonnaient sa vie. Ce n'était pas pour rien qu'il ne s'autorisait aucune émotion, surtout dans ses relations avec les femmes.

— Avancez la voiture. Nous partons, dit-il au responsable de sa sécurité. Vous venez avec moi, mademoiselle Dixon.

— Mais je pensais...

— Vous pensiez ? l'interrompit-il en haussant un sourcil.

Elle redressa son petit menton rond.

— J'ai des projets pour ce soir.

— Annulez-les.

Une lueur rebelle incendia son regard.

— Et pourquoi, s'il vous plaît ?

Il s'autorisa un sourire crispé.

— Parce que, d'après le document archivé sur un disque dur sécurisé du département des ressources humaines, lorsque je suis à Londres vous devez être disponible vingt-quatre heures sur vingt-quatre. En revanche, vous êtes libre de profiter de vos heures de loisir quand je n'y suis pas. Contrat que vous avez signé de votre plein gré.

Sa voix était calme, raisonnable. Alors qu'intérieurement, Cayetano se sentait en proie à des sensations quasi incontrôlables. Avait-il jamais remarqué cette lueur de défi qui brillait dans les yeux noisette ? S'agissait-il bien de défi ou d'autre chose ? Comme ce soir-là en Italie, lors de ce « presque-baiser » ? Elle ne serait pas la première assistante à avoir la malencontreuse idée de développer des sentiments pour lui. Seigneur, c'était pour cela qu'il avait dû se séparer des trois qui l'avaient précédée.

En revanche Mareka, à l'exception de ce fameux soir, lors de ce stupide moment d'égarement, l'avait surpris par son efficacité, sa réserve et sa discrétion.

S'était-il trompé ? Avait-il une crise supplémentaire sur les bras ?

— En effet, acquiesça-t-elle en soutenant son regard, mais je ne m'attendais pas à ce que vous...

— J'ignorais que je devais vous communiquer mon emploi du temps détaillé, mademoiselle Dixon.

Le visage de Mareka se figea un bref instant, attirant son attention sur la joue à la peau lisse, le cou mince et gracieux.

— Vous ne devriez pas le prendre comme cela, monsieur.

Conscient des étincelles brûlantes qui continuaient de fuser en lui, Cayetano se rapprocha d'un pas.

— Vous ne voudriez pas ajouter l'insubordination à une erreur de jugement caractérisée, n'est-ce pas ?

Elle tourna les yeux vers la voiture qui s'arrêtait à côté d'eux puis secoua la tête.

— Non.

— C'est votre première réponse sensée de la soirée.

D'un petit coup de coude, il la poussa vers le véhicule.

— Montez.

Au premier pas, elle vacilla de nouveau. Une pensée traversa soudain Cayetano. Il avait vu la bouteille de champagne à moitié vide sur la table basse. Et subitement, il se demanda si la rougeur colorant les joues de son assistante était due au trouble ou à l'alcool.

Et quand elle fit un nouveau pas et se tordit le pied, il ne put retenir un juron.

— Vous mettez ma patience à dure épreuve, mademoiselle Dixon.

— Je suis désolée de l'apprendre, mais l'alarme s'est arrêtée. Vous êtes sûr que vous ne voulez pas retourner...

— Après notre sortie très remarquée, et sans aucun doute déjà médiatisée, je doute sincèrement que notre retour soit bien accueilli.

— Vous croyez ? fit-elle en écarquillant les yeux. Mais pourquoi ?

— Parce que Mlle Smythe place la discrétion au-dessus de

tout le reste. Nous serons peut-être autorisés à revenir dans son établissement, mais pas ce soir, j'en suis certain.

Elle regarda par-dessus sa propre épaule, comme pour s'assurer qu'il disait vrai. Cayetano se força à garder son calme et inspira profondément. Mais le parfum unique de son assistante lui assaillit de nouveau les narines. Un mélange de fleurs écrasées aux notes bien trop sensuelles.

— Montez, répéta-t-il plus sèchement.

Peut-être comprit-elle qu'il perdait patience car elle obéit sans protester. Mais après avoir bouclé sa ceinture de sécurité – le geste faisant ressortir la courbe généreuse de ses seins –, elle ôta la bague comme si sa vue l'offensait. Cette même bague qu'elle avait admirée avec convoitise dans le salon privé de la joaillerie.

— Tenez, elle est à vous il me semble, dit-elle en la lui tendant.

Cayetano leva la main.

— Gardez-la au doigt pour l'instant.

Elle le dévisagea d'un air confus.

— Pardon ? Vous ne devez pas la rendre à Mlle Smythe ? Ou l'offrir à votre fiancée ?

Tout en bouclant sa propre ceinture, il songea à Octavia et au raffut qu'elle faisait en Argentine. Puis il regarda la bague qui reposait maintenant dans la paume ouverte de Mareka et fut bien forcé d'admettre que c'était celle-là même qu'il aurait choisie. Bien que ce ne soit pas le style d'Octavia. Ce n'était pas assez ostentatoire.

— Monsieur Figueroa ? demanda Mareka d'une voix un peu hésitante.

— Vous avez bu la moitié de la bouteille de champagne ? répliqua-t-il d'un ton brusque.

— Comment ?

— Vous m'avez très bien entendu.

Elle recula la tête comme s'il l'avait giflée.

— Oui, avoua-t-elle en baissant les yeux. Et je n'ai rien mangé depuis ce matin. Je n'aurais peut-être pas dû en reprendre mais vous êtes injuste de me tenir responsable de ce qui vient de se passer.

Peut-être était-il injuste, en effet, mais après les quelques semaines qu'il venait de vivre, cela pouvait se comprendre.

— Vous trouvez ? rétorqua-t-il. Je pourrais facilement vous prouver le contraire.

— Vous voulez des excuses ? Très bien : je suis désolée.

L'instant fut décisif. Cayetano prit une décision irrévocable. Il avait trouvé la solution à son problème.

— Vous aurez l'occasion de vous racheter. Une fois que nous serons en mesure d'évaluer la gravité de la situation.

Il en eut très vite un aperçu, hélas.

Au moment où ils entraient dans le hall de son hôtel, le vibreur de son téléphone lui confirma la survenue d'une nouvelle crise. Et à en juger par les regards fixés sur lui et son assistante tandis qu'ils traversaient le vaste hall d'entrée, il comprit que les photos circulaient déjà sur Internet.

Il réprima un juron et ralentit le pas, conscient que Mareka avait du mal à le suivre. Il se retourna vers elle. La lumière dorée projetait des reflets ambrés sur les boucles châtain foncé...

— Vous avez changé de coiffure, dit-il d'un ton brusque.

Un éclair fusa dans le regard de Mareka, elle leva la main vers l'épaisse chevelure ruisselant sur son épaule.

— Oui, je les laisse boucler, parfois.

— Vous voulez dire qu'ils ne sont pas naturellement lisses ?

— Exactement.

Cayetano refoula l'envie de lui ordonner de ne plus jamais se lisser les cheveux. Mais qu'est-ce qu'il avait, bon sang ? Était-ce la conséquence de la succession de bouleversements qui avaient ébranlé sa vie ces trois derniers mois ? Le mariage de ses parents perpétuellement sur la brèche, lui-même se retrouvant immanquablement entre les deux et soumis à une pression continuelle ?

Il s'était cru protégé jusqu'à ce que les réactions de sa mère, exacerbées par l'abus d'alcool, deviennent incontrôlables et rendent encore plus difficile sa relation déjà tendue avec ses parents.

Arrivé devant l'ascenseur, il appuya sur la touche, entra le code et tint la porte ouverte pour Mareka, laquelle hésita, l'observant avec une méfiance qui le fit grincer des dents.

— Mettons les choses au clair, voulez-vous ? demanda-t-il de but en blanc. Quelle est votre consommation d'alcool quotidienne ?

— Vous n'avez pas le droit de me poser ce genre de question ! se récria-t-elle.

Il inspira profondément et enfonça les mains dans ses poches, de crainte de les poser sur la mâchoire délicate et d'effleurer du bout des doigts la joue rose d'indignation.

— Étant donné que vous agissiez dans un cadre professionnel et suiviez mes instructions, il me semble que cela relève de mes prérogatives, non ?

— Je vous l'ai déjà dit : je ne bois pas d'habitude et j'étais à jeun.

Cayetano la regarda attentivement et comprit qu'elle disait la vérité.

— Très bien. Je vous crois.

Les épaules rondes se détendirent un peu. Elle déglutit.

— Merci, dit-elle sèchement.

Il le méritait peut-être, après tout.

En vérité, sa réaction l'amusait. Alors que la situation n'avait rien d'amusant. Il avait vu trop souvent les méfaits de l'alcool sur sa mère.

Son smartphone vibra de nouveau dans sa poche à l'instant où il entrait dans sa suite, mais Cayetano l'ignora et traversa le salon en direction du téléphone interne posé sur la table basse. Il le souleva, donna ses instructions et raccrocha. Ensuite, il saisit la carafe en cristal et versa de l'eau dans un grand verre puis s'avança vers Mareka, restée de l'autre côté de l'arcade séparant l'entrée du salon, et le lui tendit.

— Buvez. Le dîner sera servi dans quinze minutes. J'ai quelques coups de fil à passer. Ensuite, nous parlerons.

— Parler ? Mais de quoi ? demanda-t-elle, l'air paniqué.

Cayetano s'arrêta sur le seuil de son bureau.

— Les quinze prochaines minutes vont être cruciales, mademoiselle Dixon.

Mareka ouvrit la bouche pour lui demander ce qu'il entendait par là mais il avait déjà disparu dans le couloir. De toute évidence, il n'avait pas l'intention de s'expliquer.

Sa main trembla, de l'eau se répandit sur son poignet et sur le tapis. Elle but quelques gorgées en se maudissant. Si elle avait refusé le champagne de Mlle Smythe, rien ne serait arrivé. Et elle ne serait pas là, dans l'une des suites sans doute les plus luxueuses de l'hôtel Hainesborough.

En vérité, elle n'avait rien fait de mal. Mareka se mordit la lèvre et maudit le sentiment de culpabilité qui la gagnait, puis elle s'avança dans le salon raffiné avant de se décider à desserrer le poing toujours refermé sur la bague.

Ce bijou valait une fortune, elle en était convaincue. Et pourtant, Cayetano semblait la considérer comme une vulgaire babiole. Ni lui ni la mystérieuse Mlle Smythe ne s'étaient même souciés de mettre ce bijou en sécurité lorsque l'alarme s'était déclenchée.

Des sommes colossales passaient entre les mains d'individus comme Cayetano ; pour lui, l'argent n'était qu'un jeu, se dit-elle avec amertume. Un jouet qu'il prenait et délaissait au gré de ses caprices. Alors que cet argent pourrait changer des vies ; rendre la dignité à des personnes dans le besoin ou entravées par le manque de confiance en elles-mêmes et par des charges de travail excessives ; aider des gens par le biais d'une association comme celle qu'elle s'était promis de créer. Plus Mareka contemplait la bague et plus elle avait envie de s'en débarrasser.

Se détournant de la fenêtre, elle s'engagea dans le couloir emprunté par Cayetano. Au moment où elle se rapprochait de la porte entrouverte, un juron poussé haut et fort lui fit ralentir le pas.

— J'ai été vraiment stupide de croire que j'avais ne serait-ce que dix minutes pour maîtriser la situation !

Mareka tressaillit. Jamais encore elle ne lui avait entendu un ton aussi sarcastique.

— Alors, que veut-elle, maintenant ?

Cayetano éclata d'un rire dur et incrédule.

— Vous parlez sérieusement ?

La réponse qu'il obtint entraîna un nouveau juron.

— Non. N'en faites rien. Je lui parlerai moi-même.

Silence. Il avait mis fin à l'appel.

Bouge.

Ses pieds refusèrent de lui obéir. Elle resta là, la bague serrée dans sa paume…

— Octavia…

Son cœur se serra. Octavia Moreno, l'assistante argentine de Cayetano. Une créature superbe et manifestement très sûre d'elle, à en juger par les photos qu'elle avait vues en ligne. Même derrière la porte, Mareka entendait les accents chauds et sensuels de la voix de celle qui travaillait pour Cayetano depuis six ans.

— J'apprends que tu refuses toujours de signer le contrat, poursuivit-il avec une pointe d'irritation dans la voix. Ce n'est pas ce que nous avions convenu avant mon départ de Buenos Aires.

Pause.

— J'ai conscience de ta valeur, évidemment. Mais permets-moi de ne pas…

Un flot de paroles l'interrompit. Mareka écarquilla les yeux, choquée par la hargne et la violence colorant la voix d'Octavia.

Jusqu'à présent, elle avait été persuadée que personne n'oserait parler à Cayetano sur ce ton, mais apparemment, elle s'était trompée. D'autre part, elle aurait cru qu'il ne fréquenterait jamais une employée et elle n'avait jamais accordé foi à la rumeur selon laquelle il serait sorti autrefois avec Octavia Moreno.

S'était-elle trompée là aussi ? S'agissait-il d'une dispute entre amants ?

Un goût de nausée lui monta aux lèvres. Elle n'aurait jamais dû boire de champagne. Et vu l'humeur de son patron, elle avait tort de rester là à écouter cet échange passionné.

Et qu'avait-il voulu dire par « les quinze prochaines minutes seront cruciales » ? Émergeant de sa torpeur, Mareka sortit son portable de son sac et se figea de nouveau.

— Cette discussion ne nous mènera nulle part, Octavia, et tu devrais savoir que ce n'est pas en me posant un ultimatum que tu obtiendras quoi que ce soit.

Elle entendit une voix étouffée répliquer quelque chose d'inaudible, puis Cayetano inspirer profondément.

— Assez. Je te rappellerai rapidement. En attendant, je te suggère de bien réfléchir.

La sonnette de la porte tintinnabula.

Mareka se précipita pour aller ouvrir et se trouva face au chef en personne qui se présenta et entra en poussant un chariot argenté. De toute évidence, il connaissait bien Cayetano et avait l'habitude de le servir. Un peu déboussolée, elle suivit le prénommé Manzano dans une autre pièce tout aussi luxueuse et flanquée d'un côté d'immenses baies vitrées donnant sur Green Park.

Impressionnée, elle le regarda dresser la table puis déposer les plats dont montaient des arômes délicieux. Quand il eut terminé, il la salua respectueusement et s'en alla.

Du côté du couloir, le silence fut soudain interrompu par un flot de vociférations qui la clouèrent sur place. Jusqu'à ce que, attirée par les arômes incroyables montant des mets disposés avec art, elle se dirige vers la table.

La vue de la langouste grillée et des légumes rôtis lui arracha un gémissement. Les deux assiettes en argent agrémentées d'une étiquette discrète portant l'inscription « Steak argentin et asperges au beurre » lui firent monter l'eau à la bouche. Les six autres plats, tous dignes d'un restaurant gastronomique, vainquirent sa résistance.

Mareka renfila la bague à son doigt de crainte de la perdre, tira une chaise et s'assit en se rappelant que Cayetano lui avait dit qu'ils devaient « parler » après le dîner.

Une volée de jurons la fit tressaillir, mais elle s'efforça de ne pas y prêter attention. Elle venait de goûter au dernier plat – en ignorant délibérément la bouteille de vin millésimé trônant au milieu de la table –, lorsque Cayetano entra dans la pièce.

Pas question de le regarder s'avancer vers elle de sa démarche de prédateur. Elle ne lèverait pas les yeux vers ce visage d'une beauté à couper le souffle. Elle ne se demanderait pas ce qui aurait pu se passer dans le salon privé de la joaillerie s'il l'avait embrassée.

Hélas, le fait de ne pas le regarder ne l'empêchait pas de sentir l'énergie vibrante émanant du corps d'athlète de Cayetano et de comprendre qu'il était hors de lui.

Mareka se força à lever les yeux et vit les lèvres pincées, la tension formidable émanant des larges épaules.

— Tout... Tout va bien ? demanda-t-elle après avoir dégluti.

— Non, mademoiselle Dixon, répondit-il d'une voix mordante en contournant la table. Au contraire.

Il posa son téléphone sur la table, l'écran vers le haut, et le fit glisser vers elle.

Après avoir soutenu son regard durant quelques secondes – parce qu'elle ne pouvait détacher les yeux des siens, mais aussi parce qu'elle avait un peu peur de ce qu'elle allait découvrir sur l'écran –, elle céda à la curiosité, baissa les yeux et laissa échapper un halètement horrifié.

— Qu'en pensez-vous ? demanda-t-il d'un ton sardonique.

— Je... C'est... Comment est-ce poss... ?

Elle s'interrompit, jugeant préférable de se taire plutôt que de tenter de chercher une quelconque explication à ce qu'elle avait sous les yeux.

Jamais elle n'aurait pu imaginer une chose pareille. Le cœur lui martelant les côtes, Mareka regarda la photo. Sa main agrippée à la chemise de Cayetano, son visage renversé légèrement en arrière et levé vers le sien, leurs regards soudés… Et, le pire de tout, la bague de fiançailles étincelant à son doigt…

Atterrée, elle lut le gros titre :

L'amour secret de Figueroa révélé au grand jour !

Sans dire un mot, Cayetano en fit apparaître un autre, puis un autre, tous plus effroyables les uns que les autres.

Figueroa prouve que les romances au bureau existent encore et ont de beaux jours devant elles !

De la salle de réunion… à l'autel, il n'y a qu'un pas…

— OK, ça suffit, supplia-t-elle, la voix rauque.

Il reprit son téléphone d'un geste calme et précis, en totale contradiction avec l'éclat furieux de son regard.

— Écoutez, commença Mareka après s'être éclairci la voix. Vous allez de nouveau me reprocher d'être la cause de tout ceci, je sais, mais je vous répète que je ne voulais…

— Votre insistance à le répéter ne peut que m'amener à penser le contraire, coupa-t-il d'un ton cinglant.

— Pardon ? Non ! Vous vous trompez !

— Vraiment ? Vous ne seriez pas la première à saisir une opportunité de…

— À votre place, je ferais très attention à ce que je vais dire ! l'interrompit-elle à son tour.

— Ah oui ? Et pourquoi cela, je vous prie ?

— Parce que vous vous trompez complètement !

Mon Dieu, elle avait envie de… le gifler. Elle qui n'avait jamais songé à frapper quiconque !

Cayetano comprit peut-être que la situation était explosive car il se contenta de la regarder avec attention.

— Ce qui est fait est fait, mademoiselle Dixon. Le plus important est de décider de la conduite à adopter maintenant.

— Le plus simple, c'est de dire la vérité, répliqua Mareka le plus posément possible. Je peux faire préparer un communiqué de presse expliquant qu'il s'agit d'un énorme malentendu.

Elle s'interrompit et laissa échapper un petit rire nerveux.

— Je ne comprends vraiment pas pourquoi les tabloïdes en font tout un plat ! Ils doivent bien savoir que vous... et moi... Que ce serait totalement... absurde !

Elle s'interrompit de nouveau en voyant un éclat farouche briller dans les yeux de Cayetano. Et lorsque son regard descendit lentement sur son buste, son ventre, Mareka cessa carrément de respirer.

— Absurde ? commença-t-il d'une voix douce et pénétrante qui la fit trembler de la tête aux pieds. Éclairez-moi, mademoiselle Dixon...

— Pre... premièrement parce que je suis votre employée, balbutia-t-elle, au supplice.

En vérité, cela faisait bien longtemps que ses propres fantasmes avaient franchi la frontière entre employeur et employée.

— Et parce que... vous n'êtes pas mon type.

Ça, c'était ce qu'elle se répétait dans l'obscurité pour tâcher de se convaincre qu'au fond Cayetano Figueroa ne l'intéressait absolument pas.

Mareka ne savait pas à quoi elle s'attendait après cette déclaration, mais certes pas à le voir battre des cils – ces cils incroyablement longs, noirs et soyeux –, et encore moins rire.

Depuis qu'elle travaillait pour lui, elle ne l'avait même jamais vu sourire ! Fascinée, elle ne pouvait détacher les yeux des lèvres sensuelles qui tremblaient, ni s'empêcher de se demander à quoi il ressemblerait s'il se laissait aller à un vrai accès de gaieté. À en juger par cet aperçu, il serait tout bonnement irrésistible.

— Vous êtes sûre ? Je me souviens d'un soir où, après un certain dîner, vous avez littéralement fondu dans mes bras, dit-il enfin d'une voix suave.

D'un accord tacite, ils n'avaient jamais fait allusion à cet incident. Ça avait été son premier et seul voyage avec Cayetano et elle avait été très excitée à la perspective de l'accompagner, d'autant qu'elle travaillait depuis peu pour lui.

Le dernier jour du sommet, Cayetano – ravi d'avoir décroché un nombre impressionnant de contrats – l'avait invitée à dîner dans l'un des meilleurs restaurants gastronomiques d'Italie. Et après le dîner, alors qu'ils regagnaient leur hôtel, Mareka s'était retrouvée dans les bras de son patron sous un magnifique ciel étoilé. Comme au ralenti, la belle bouche sensuelle s'était rapprochée de la sienne tandis que les bras musclés la tenaient solidement et qu'elle sentait l'impressionnante érection se presser contre son ventre. La voix rauque de Cayetano, les paroles prononcées en espagnol, tout cela l'avait grisée, faisant naître en elle des frissons brûlants. Il allait enfin l'embrasser.

Dans ses moments de déprime, Mareka maudissait la sirène de police qui avait amené Cayetano à redresser la tête et à se raidir. Il avait poussé un juron et l'avait lâchée brusquement. Il ne s'était ni expliqué ni excusé. Mareka non plus. Ils avaient occulté l'incident. Tout simplement.

Mais le souvenir en était resté vivace. Du moins pour elle.

— Vous allez sans doute me dire que cela aussi, c'était ma faute ? demanda-t-elle d'une voix tremblante.

— Non, pas cela. Nous nous sommes retrouvés… entraînés malgré nous. Mais ce… rapprochement a suffi à démontrer que j'étais – que je suis –, exactement votre type d'homme.

C'était si vrai, hélas, que Mareka en aurait pleuré.

— Par conséquent, personne n'osera nous interroger lorsque nous tirerons profit de cette occasion certes malheureuse mais qui pourrait *in fine* s'avérer profitable.

Ce fut au tour de Mareka de le regarder en battant des cils.

— Excusez-moi, mais je ne comprends pas… L'occasion de quoi faire, exactement ?

— L'occasion pour vous de réparer ce que vous avez rompu. Parce que, voyez-vous, avec ces photos qui s'étalent maintenant dans tous les médias, je me retrouve sans fiancée.

Il s'interrompit un bref instant, le regard sombre.

— Aussi n'ai-je plus d'autre option que de me rabattre sur l'alternative. C'est-à-dire vous, mademoiselle Dixon.

Se rabattre sur… Une alternative… Interchangeable…

Mareka ignora la douleur qui lui traversa la poitrine et se raccrocha à la colère.

— Pardon ? Qu'est-ce qui vous autorise à penser que…

— Concentrons-nous sur l'essentiel – vous aurez le temps de vous indigner plus tard. Dans l'immédiat, laissez-moi vous exposer les aspects positifs. Vous allez accepter ma proposition, vous deviendrez Mme Cayetano Figueroa avec tous les avantages que cela comporte, et nous nous marierons dans deux semaines.

3

Cayetano regarda les émotions se succéder sur le visage aux traits délicats et réalisa qu'il retenait son souffle, alors qu'il aurait dû rester insensible aux réactions de Mareka.

Il avait carrément le plexus solaire bloqué, bon sang ! À cause de l'urgence de la situation, voilà tout. Il devait trouver une solution, maintenant. C'était vital. Sinon, tout ce pour quoi il avait travaillé depuis qu'il avait été en âge d'assumer toutes les responsabilités, y compris les plus ingrates, au sein de l'entreprise familiale, tous ses sacrifices auraient été vains.

Il ne lui échappa pas que c'était précisément à cause de son grand-père – le fondateur de Figueroa Industries – qu'il se retrouvait dans cette situation. Après avoir cherché avec acharnement un moyen de contourner la clause du testament pendant douze mois, Cayetano avait bien dû admettre que le mariage était la seule voie possible. Alors, pas étonnant qu'il observe les moindres réactions de celle à qui il venait de faire une proposition capitale.

Réactions des plus surprenantes, d'ailleurs. Sur les traits de Mareka se lisait maintenant un mélange d'incrédulité et de panique. Ainsi que… Était-ce bien de l'indignation ?

Pour être franc, il ne s'y attendait pas du tout. Il pouvait affirmer sans une once de vanité qu'aucune femme n'avait jamais exprimé de l'indignation face à ses demandes, ni en paroles ni en actes.

— Monsieur Figueroa…

— Si nous devenons mari et femme, autant vous habituer dès maintenant à m'appeler Cayetano.

— Monsieur Figueroa, reprit-elle délibérément. S'il s'agit d'une plaisanterie, eh bien, c'est réussi. J'y ai cru. Très drôle.

— Il ne s'agit pas d'une plaisanterie, croyez-moi.

Cette fois, ce fut de la colère qui luit dans les yeux de Mareka. Et, curieusement, Cayetano n'en prit pas ombrage. *Dios mío*, n'avait-il pas déjà assez d'ennuis ? Ne venait-il pas, à peine dix minutes plus tôt, de rompre avec une autre candidate tout aussi fougueuse que celle-ci ? Une femme ravissante, certes, mais qu'il n'avait jamais désiré toucher ni embrasser comme il brûlait de le faire avec Mareka.

Tout regret d'avoir rompu avec Octavia l'avait déjà quitté, réalisa-t-il avec stupeur. En dépit de son regrettable penchant pour le mélodrame et sa propension à poser des exigences impossibles, c'était une assistante exceptionnelle, capable de manœuvrer dans les méandres parfois délicats du monde entrepreneurial lorsque sa propre patience était à bout. Sans parler de son pedigree.

— Dans ce cas, je crains de devoir décliner cette proposition… intéressante.

« Absurde. » Elle avait voulu dire « absurde ». Il l'avait deviné à la façon dont sa voix avait tremblé quand elle avait dit « intéressante ». Elle croyait qu'il avait perdu l'esprit.

Peut-être était-ce le cas, d'ailleurs.

Cependant, elle n'avait pas ôté la bague de son doigt. Pas encore, du moins. Et elle ne cessait d'en suivre le contour du bout du pouce. Était-elle consciente de son geste ? S'était-elle rendu compte que, au moment où elle avait déclaré qu'il n'était pas son type, elle le dévorait littéralement des yeux ?

Cayetano lui aurait volontiers démontré que ses protestations ne valaient rien. Mais il ne prenait jamais rien qui ne lui soit offert librement. Tant qu'elle n'aurait pas accepté sa proposition, il maintiendrait entre eux les strictes barrières professionnelles. Et même après ! Les contacts physiques se limiteraient au minimum et seraient exclusivement réservés aux apparitions publiques.

Ce rappel lui remit les pensées à l'endroit. Mareka avait refusé sa proposition… en caressant la bague de fiançailles. Peut-être pourrait-il l'aider à se décider.

L'argent était un puissant incitateur. Cayetano ne le savait que trop. Il pouvait compter sur les doigts d'une main les fois où l'un ou l'autre de ses parents l'avait contacté pour un motif autre qu'une demande d'ordre pécuniaire.

— Si cela peut vous aider à vous décider, vous pouvez garder cette bague. Elle vous plaît, n'est-ce pas ?

Mareka baissa les yeux sur la bague, puis le regarda, les yeux brillants, non plus de colère mais d'émerveillement.

— Pardon ? Avez-vous bien dit… ?

— Oui, vous avez bien compris.

— Mais… elle vaut une fortune…

— Pas vraiment. Elle est unique, c'est vrai – vous pouvez vous féliciter de l'avoir choisie –, mais loin de « valoir une fortune », pour reprendre votre expression. Le montant exact ne m'a pas encore été communiqué, mais sachant qu'aucune des créations de Mlle Smythe ne vaut moins d'un million, je dirais que cette bague doit en valoir trois.

Le halètement qui franchit les lèvres pulpeuses fut doux et sensuel, sexy mais étrangement innocent, au point que Cayetano aurait aimé le réentendre. Encore et encore.

Il réprima l'ardeur de sa libido et regarda Mareka contempler la bague d'un air paniqué.

— Elle vous a laissé partir avec une bague qui vaut trois millions ?

— Peut-être parce qu'elle sait que je place l'intégrité au-dessus de tout. C'est pourquoi vous devriez reconsidérer ma proposition, mademoiselle Dixon.

— Même si je voulais reconsidérer votre… « proposition », il me semble que vous avez sauté quelques étapes primordiales.

Elle était nerveuse. Elle ne savait sur quel pied danser, comprit Cayetano. Et elle se méfiait de lui. Il baissa les yeux sur la table et constata qu'elle avait à peine touché aux plats.

— Asseyez-vous, Mareka.

Sa réticence manifeste l'irrita au plus haut point.

— Vous avez dit n'avoir rien mangé depuis le petit déjeuner. J'ai interrompu votre dîner et je désire que vous ayez les idées claires pour ce qui va suivre.

Elle pinça les lèvres, puis s'assit et prit ses couverts, mais ne mangea pas, se contentant de lui jeter des regards furtifs par-dessous ses cils longs et épais. Il y avait une telle innocence dans ces regards qu'il brûla de découvrir les trésors qui se dissimulaient derrière l'effarouchement évident de Mareka. Il refoula ce désir absurde et s'assit à son tour.

Mais quand il glissa une bouchée de viande entre ses lèvres puis la mâcha, il n'éprouva pas la satisfaction coutumière. Rien n'améliorerait son humeur tant qu'il n'aurait pas l'assurance d'obtenir ce qui lui revenait de droit.

— Je résume la situation, dit-il en reposant fourchette et couteau. Je dois me marier avant mon trente-cinquième anniversaire pour assurer la pérennité de l'entreprise à laquelle je me dévoue depuis bientôt vingt ans.

— Vous parlez de Figueroa Industries ?

— Exactement.

— Pourquoi ? Vous en êtes déjà le P-DG.

— Dans son testament, mon grand-père a inclus une clause exigeant que chaque P-DG, homme ou femme, qui lui succéderait, soit marié avant son trente-cinquième anniversaire pour conserver sa position. Laquelle clause a résisté aux oppositions les plus vigoureuses, notamment la mienne.

C'était l'un des rares combats qu'il avait perdus et il avait du mal à l'avaler.

— Pourquoi poser une telle exigence ?

Il serra les mâchoires.

— Parce que mon grand-père pensait qu'un homme, ou une femme, marié serait mieux à même de diriger l'entreprise qu'un célibataire, répondit-il d'un ton amer.

— Opinion que vous ne partagez pas, manifestement, répliqua Mareka.

— Non, en effet.

Comment pouvait-on choisir de se lier avec quelqu'un au nom d'une prétendue émotion noble qui durait rarement plus d'une semaine ?

Cayetano ne se faisait aucune illusion sur la question. Dès son plus jeune âge, il avait vu ses parents renoncer à tout semblant d'unité et s'engager dans une guerre sans merci. Mais cela n'avait pas empêché son grand-père de vouloir prolonger le mythe grotesque de « l'amour vrai ». En homme pragmatique, Cayetano s'y était essayé. Dire qu'il avait échoué était un euphémisme.

Les liaisons dites amoureuses qu'il avait vécues aux alentours de la vingtaine – et que son grand-père avait jugées risibles, les qualifiant « d'erreurs de jeunesse » – l'avaient amené à découvrir quelques-uns des plus sûrs moyens de détruire la plus solide des unions : l'infidélité, l'apathie, la cruauté et la méfiance.

Sans oublier la bonne vieille cupidité. Après ces expériences instructives, il avait décidé de jouer cartes sur table. Depuis qu'il avait franchi le cap des trente ans, aucune des femmes ayant partagé son lit n'aurait pu l'accuser de l'avoir trompée ou manipulée.

C'était sur ces bases qu'il entendait négocier avec Mareka. Se concentrant de nouveau sur elle, Cayetano vit une ombre obscurcir les yeux noisette.

— Je respecte tout ce que vous avez dit et je comprends votre dilemme...

Elle s'interrompit, se passa la langue sur la lèvre.

— ... mais vous croyez vraiment que je pourrais accepter une bague que vous avez choisie pour une autre femme ?

Et voilà. Il retint un soupir.

— Ce n’est pas moi qui l’ai choisie, Mareka.

Le petit gémissement qui franchit ses lèvres pulpeuses quand il prononça son prénom embrasa la libido de Cayetano. Il allait vraiment devoir trouver le temps de se défouler, si la moindre réaction de Mareka lui évoquait des draps froissés et la sensation d’ongles de femme lui labourant le dos.

Un petit passage sur le ring avec son entraîneur privé ferait l’affaire. Ou encore un bon vieux marathon de sexe avec une femme connaissant et acceptant les règles du jeu. Après qu’il en aurait fini avec ces facéties de midinette et obtenu le consentement de Mareka.

— C’est vous, continua-t-il. Parmi la sélection que vous aviez faite pour moi, c’était celle-ci que vous préfériez entre toutes. Vrai, ou faux ?

Elle voulut protester mais garda le silence. Elle savait qu’il disait la vérité.

— Je vous ai observée dans le salon privé de Mlle Smythe durant quelques minutes, avant que vous remarquiez ma présence.

Ce qui lui avait permis de découvrir quelques détails surprenants sur l’assistante qui l’impressionnait par son efficacité mais que sa discrétion rendait presque transparente.

Jusqu’à ce soir-là, en Italie… Et tout à l’heure.

— Vous êtes une romantique invétérée.

Cela ne le dérangeait pas. Il s’en fichait. Tout ce qu’il voulait, c’était qu’elle adhère à son plan.

— Je…, commença-t-elle, les joues en feu.

Elle redressa le menton.

— Et alors ? Mes goûts personnels n’ont jamais affecté mon travail, que je sache ?

— Non, en effet. Si j’en parle maintenant, c’est parce que cela devrait vous aider à accepter cette bague que vous répugnez à ôter de votre doigt. Alors, cessons de tourner autour du pot et allons à l’essentiel, d’accord ?

— Pourquoi prolonger cette discussion puisque je vous ai déjà donné ma réponse ? répliqua-t-elle du tac au tac.

Cayetano s'autorisa un petit sourire suffisant et faussement résigné.

— Ai-je mentionné le million de livres sterling qui sera déposé sur votre compte bancaire si vous acceptez ma proposition ? glissa-t-il d'une voix suave.

Mareka tressaillit et le dévisagea en écarquillant les yeux.

Impossible. Elle avait mal compris.

— Je... Pardon ?

— Épousez-moi et, le jour de notre mariage, vous toucherez un million de livres sterling, expliqua-t-il lentement. Libre à vous d'en faire ce que vous voudrez.

Elle le regarda en battant des cils.

— Je...

Depuis qu'il était entré dans la pièce et avait fait sa proposition absurde, elle avait du mal à respirer.

— Je ne veux pas de votre argent, reprit-elle en secouant la tête. Je n'en ai pas besoin.

Ça, ce n'était pas tout à fait vrai. Cet argent pourrait l'aider à concrétiser son projet bien plus tôt que prévu.

Cayetano haussa un sourcil.

— Sottises. Tout le monde a besoin d'argent, répliqua-t-il avec calme. Dans de très rares occasions, les gens n'en veulent pas pour eux-mêmes mais pour des êtres chers. Même un saint ne refuserait pas mon argent.

— Ah, parce que vous fréquentez des saints ? riposta-t-elle sans réfléchir.

Les yeux verts étincelèrent, l'obligeant à baisser les yeux.

— Pas personnellement, mais je suis certain qu'il existe quantité de textes relatant leur quête de bienfaiteurs généreux susceptibles de financer leurs bonnes œuvres. Et qui sont ces bienfaiteurs, d'après vous ?

Mareka leva les yeux et fut aussitôt captive de son regard.

— Des hommes comme vous ?

— Exactement. Alors, vous voyez ? Même les saints ont besoin d'hommes comme moi.

Le regard de Cayetano descendit sur son buste.

— En revanche, il vous faudra beaucoup de temps pour me convaincre que vous êtes une sainte, ajouta-t-il de cette voix grave et sensuelle qui la faisait frissonner partout.

Alors que, justement, Mareka s'était promis de s'en tenir à une attitude strictement professionnelle dans ses échanges avec lui.

— Je ne peux pas. Je travaille pour vous. C'est...

— Un nouveau rôle qui vous vaudra un salaire.

Il baissa les yeux sur la bague.

— Et des avantages non négligeables.

— Vous croyez sans doute que votre proposition devrait m'impressionner, mais ne trouvez-vous pas présomptueux de présupposer que, sans votre générosité, je serais vouée à vivre une vie misérable ?

Son regard se durcit.

— J'ai commencé à travailler dans l'entreprise de mon grand-père comme garçon de courses dans la cuisine du personnel. Il m'a interdit de me servir de mon vrai nom parce qu'il ne voulait pas que je bénéficie d'un traitement de faveur. Savez-vous ce que cela m'a appris, Mareka ?

— Qu'indépendamment de la leçon qu'il vous a donnée, vous hériteriez néanmoins du trône un jour ? répliqua-t-elle avec humour.

— Non. Cela m'a appris à ne pas être trop fier pour refuser les opportunités qui se présentent à moi.

Il s'avança vers elle et la regarda droit dans les yeux.

— Allez-vous vraiment tourner le dos à un million de livres sterling ? murmura-t-il.

Ces paroles n'en résonnèrent pas moins dans sa tête. Parce que, à présent, Mareka ne pouvait s'empêcher de songer à ce que cette somme lui permettrait de faire. Elle pourrait réaliser le rêve qu'elle nourrissait depuis si longtemps et qui, à moins d'un miracle, lui paraissait parfois inaccessible.

Cayetano lui offrait ce miracle.

Mais à quel prix ? Rien n'était jamais gratuit, hélas.

Sans parler de... la réaction de ses parents.

Elle repoussa cette pensée. Ils la condamneraient de toute façon, quoi qu'elle fasse et quelle que soit sa décision.

— Je dois m'en aller, déclara Mareka.

Il lui fallait un peu de temps et d'espace pour clarifier ses pensées, réfléchir.

— Aller où, exactement ?

— Chez moi, naturellement.

— Pensez-vous que ce soit raisonnable ?

— Pourquoi ne serait-ce pas « raisonnable » ?

— Vous avez été photographiée dans mes bras, avec une bague de fiançailles au doigt. Croyez-vous réellement que vous puissiez encore vous offrir le luxe d'avoir une vie privée ?

— Ils ne savent pas où j'habite, protesta-t-elle.

Il ne parlait pas sérieusement ? Elle n'allait pas être suivie ? Harcelée ?

— Vous voulez parier ? fit-il en haussant un sourcil.

La panique s'insinua en elle. Tournant les talons, Mareka se précipita dans le salon où elle avait laissé son sac à main. Elle le saisit et en sortit son téléphone, puis connecta le visiophone de sa porte d'entrée pour prouver à Cayetano qu'il se trompait...

Un cri étouffé franchit ses lèvres en voyant une dizaine – au moins – d'inconnus aux aguets à l'extrémité de la petite pelouse s'étendant devant l'appartement du rez-de-chaussée – le sien. Alors qu'elle contemplait l'écran, horrifiée, un type s'avança sur l'allée pavée et appuya sur la sonnette. Le bruit résonna dans le téléphone, la faisant sursauter.

— Je suggère que vous l'éteigniez pour l'instant.

Le souffle chaud de Cayetano lui caressa l'oreille.

— C'est un ordre, parce que, au cas où vous l'auriez oublié, je vous rappelle que vous étiez de toute façon supposée vous rendre disponible pour moi ce soir.

— Dans les limites de mon rôle d'assistante, pas...

— Pas pour vous voir offrir une opportunité que vous êtes trop fière pour accepter ? Et, avant que vous protestiez à nouveau, regardez-moi dans les yeux et dites-moi que vous n'êtes absolument pas intéressée par ma proposition.

Impossible. L'idée avait pris racine. Mareka ne pouvait la chasser de son esprit. Elle savait au plus profond d'elle-même que si elle rejetait cette offre inespérée, elle le regretterait toute sa vie.

Elle pourrait aider tant de gens avec cet argent...

— J'ai besoin de réfléchir...

— Non. Je n'ai pas de temps à perdre. Mes avocats new-yorkais attendent. Si ce n'est pas votre nom qui figurera sur le contrat, je dois le savoir ce soir.

— Vous avez déjà fait rédiger un contrat ? demanda-t-elle, interloquée. Oui, bien sûr. Pour vous, il s'agit d'un simple contrat d'affaires.

— Vous auriez tort de voir dans ma proposition autre chose qu'une transaction purement commerciale. Je sollicite vos services pour une durée déterminée, Mareka. Ni plus ni moins.

Quelque chose de dur et de brut se tordit dans sa poitrine. Elle refoula la sensation, comme elle avait banni toute pensée chimérique concernant Cayetano Figueroa. Ses paroles la blessaient profondément mais il avait raison.

« Une transaction commerciale. » Sa proposition se bornait à cela. Il ne pourrait jamais en être autrement. Et une fois que tout serait terminé, elle pourrait réaliser le rêve de sa vie. Prouver à ses parents qu'elle n'était pas aussi nulle qu'ils le pensaient. Et s'ils persistaient à le croire...

Mareka haussa les épaules. Elle vivrait pour elle-même. La tête haute, fière de ses réussites.

— Vous êtes bien placée pour savoir que je n'aime pas que l'on me fasse attendre, reprit sèchement Cayetano.

Revenant au présent, elle se concentra sur lui. Sur l'homme qui allait l'arracher à sa condition d'assistante et lui passer l'alliance au doigt. L'homme qui ne la voyait que comme une remplaçante. Elle ferait bien de prendre exemple sur lui. D'adopter une attitude froide et détachée, et de saisir l'opportunité qu'il lui offrait pour aider les jeunes personnes qui avaient besoin de soutien, que ce soit sur le plan matériel ou psychologique.

Le cœur lui tambourinant les côtes, Mareka redressa le menton et soutint le regard de Cayetano.

— Félicitations, monsieur Figueroa. Vous vous êtes trouvé une nouvelle partenaire commerciale.

4

« Vous vous êtes trouvé une nouvelle partenaire commerciale. »

Ces paroles lui déplaisaient. Encore maintenant, plusieurs heures après qu'elle les eut prononcées. La transformation spectaculaire de son assistante, passant de l'indignation et du refus catégorique à l'acceptation professionnelle, suscitait en lui une sensation inconfortable. Laquelle sensation disparaîtrait avec le sommeil, conclut Cayetano à 2 heures du matin.

Au même instant, son téléphone émit un bip signalant l'arrivée d'un nouveau SMS de son avocat.

Il ne s'était pas attendu à ce qu'elle se lance dans des négociations sans fin comme Octavia, mais pas non plus à ce qu'elle pose aussi peu d'exigences. La principale étant de réduire la durée de leur mariage de convenance à trois ans au lieu de quatre. Ce qui aurait dû lui convenir parfaitement.

Or... Cayetano se massa le plexus solaire mais sans parvenir à chasser la sensation désagréable qui lui oppressait la poitrine.

— Avons-nous terminé ?

Réalisant qu'il contemplait les pieds nus de Mareka, il leva rapidement les yeux.

À un moment donné, elle avait ôté ses chaussures et s'était installée plus confortablement sur le sofa pour lire le contrat. Il ne lui avait fait aucune remarque, bien trop fasciné par la délicatesse des pieds fins et des chevilles qu'il aurait pu entourer d'une main. De là à s'imaginer installé entre les jambes galbées, la tenant fermement par les hanches et donnant un puissant coup de reins…

— Monsieur Figueroa ? Que faites-vous ?

Il sursauta et se rendit compte qu'il caressait du bout du doigt la plante du pied fin. *Díos*. Avait-il perdu l'esprit ?

Se ressaisissant, il voulut écarter sa main mais se contenta de refermer légèrement les doigts. Comme s'il était… envoûté malgré lui. À l'instant où Cayetano se faisait cette réflexion, Mareka poussa le pied contre sa paume en même temps qu'elle laissait échapper un doux gémissement.

Le souffle bloqué dans ses poumons, il vit le stylo glisser des doigts fuselés et tomber sur le sol, suivi du contrat. Fasciné, il regarda les seins ronds se soulever et s'abaisser, trahissant la même excitation que celle qu'il ressentait lui-même. Il ouvrit les doigts, saisit la ravissante cheville et la tira vers lui jusqu'à ce que Mareka écarte les jambes. Et que l'affolante petite jupe crayon remonte sur ses cuisses.

Il s'immobilisa, essaya de reprendre un semblant de contrôle… quand elle bougea de nouveau. Gémit de nouveau. Le pouls battant frénétiquement à la base de son cou.

Sans plus attendre, Cayetano lui écarta encore les jambes, s'installa entre les cuisses douces et fermes, puis, le regard rivé au sien, il la poussa doucement en arrière et céda enfin au désir qui le consumait. Il pencha la tête et posa ses lèvres sur ce pouls qui battait comme un fou.

Dios mío ! Sa peau avait un goût d'enfer et de paradis. Il brûlait de goûter aux deux. Il referma les mains sur les seins doux et moelleux avant d'en titiller les pointes dures jusqu'à ce que Mareka creuse les reins. Incapable de résister au chant de la sirène, il laissa descendre sa main, de plus en plus bas.

Une plainte rauque jaillit de ses propres lèvres lorsqu'il tira sur la jupe d'un geste brusque, glissa les doigts sous la culotte en coton et découvrit…

— Tu es prête pour moi, murmura-t-il contre ses lèvres. Tu me désires autant que je te désire…

Tout en la caressant, il redressa la tête pour la regarder. Une délicieuse rougeur se répandit sur les joues à la peau claire, puis un doux gémissement franchit ses lèvres quand il enfonça un doigt en elle.

— Oh oui ! Je… Je…

Cayetano s'aventura plus profondément…

Nouveau bip. Les mains de Mareka se figèrent sur ses épaules ; elle écarquilla les yeux, l'air paniqué, avant de le repousser de toutes ses forces.

Il se redressa d'un mouvement vif et la dévisagea en silence, horrifié mais brûlant de désir.

Qu'avait-il fait ? Cette fois, il avait vraiment perdu l'esprit. Il bondit littéralement du sofa et se détourna. Son érection le lancinait. Il se passa la main dans les cheveux et s'éloigna, de crainte de ne pouvoir résister à la tentation et de reprendre les choses là où ils les avaient laissées.

— C'était…, commença-t-il après s'être éclairci la voix.

— … un incident que je vais m'empresser d'oublier, chuchota-t-elle, la voix rauque et tremblante.

Elle se sentait humiliée, comprit Cayetano. Il serra les mâchoires. Il aurait voulu lui dire que lui n'était pas près d'oublier ces instants. Que là, maintenant, il avait beaucoup de mal à se contenir, qu'il brûlait d'aller jusqu'au bout de ce qu'il… ils avaient commencé. Mais mieux valait renoncer. Il le comprit d'instinct.

— Entendu, dit-il d'un ton neutre avant de se retourner.

Dieu merci, Mareka s'était rajustée. Évitant de croiser son regard, elle se pencha pour ramasser le stylo et le contrat.

— Tu as la liste de nos avocats britanniques, n'est-ce pas ? Trouves-en deux qui soient disponibles et fais-les venir en début de matinée.

Elle hocha la tête tandis que lui-même regardait malgré lui les boucles châtain foncé onduler sur les épaules rondes, avant de baisser les yeux sur les seins pleins visibles entre les pans du chemisier. Un ou deux boutons avaient dû sauter...

— Très bien, répliqua-t-elle enfin.

Lorsque, brièvement, elle rentra les lèvres, cela suffit à faire rugir sa libido.

— Et ensuite ? enchaîna-t-elle.

— Ensuite, tu pourras te détendre et récolter les fruits de ta coopération, répondit-il d'un ton brusque. Qui sait ? Tu pourrais même me remercier de t'avoir accordé l'honneur de devenir Mme Cayetano Figueroa.

Sur ces paroles, il sortit du salon, ignorant délibérément l'expression blessée qui se lisait sur le visage de Mareka. Ce qui venait de se passer l'affectait beaucoup trop lui-même.

Il s'arrêta au milieu de sa chambre, les mâchoires serrées. Inutile de maudire son défunt grand-père ou de culpabiliser parce que, même si son aïeul avait été encore en vie, il n'aurait pas compris l'opposition farouche de son petit-fils à la condition incontournable du testament.

Basta. Assez.

Il s'était trouvé une épouse, la condition était remplie. Alors, peu importait qu'il ait l'impression que cette décision allait entraîner des défis inattendus.

S'il avait reculé devant les défis, gigantesques ou insignifiants, il n'en serait pas là où il en était aujourd'hui. Quoi qu'il arrive, il saurait gérer la situation, comme il avait tout géré dans sa vie jusqu'à présent – en s'en tenant à des raisonnements froids, stratégiques et dépourvus d'émotion.

Le téléphone collé à l'oreille, Mareka écouta la sonnerie avec une crainte grandissante. Après l'incident du sofa, elle s'était écroulée sur son lit, le corps tremblant de désir, l'esprit en déroute, et prête à céder au désespoir.

Comment avait-elle pu se laisser aller ainsi ? Elle avait succombé à la tentation dès l'instant où Cayetano lui avait effleuré la plante du pied. Peut-être était-elle aussi faible et instable que le disaient ses parents...

Non. Elle éradiqua cette pensée. Mais elle n'en était pas moins responsable pour autant.

Ils s'étaient arrêtés à temps.

Alors qu'il avait un doigt en elle ?

La chaleur inonda son corps. Mareka serra les cuisses de toutes ses forces et pria pour que l'un ou l'autre de ses parents lui réponde. Lorsqu'elle s'était levée, après une nuit sans sommeil, elle avait réalisé avec horreur qu'elle avait oublié de mettre ses parents au courant de la décision qu'elle avait prise la veille.

Son père prenait sa seule et unique tasse de café en lisant les journaux à 6 heures et sa mère se levait à 7. Il était 6 h 15. Et il ne répondait pas à son appel.

La peur lui noua le ventre. Il avait dû voir les photos...

— Allô !

Elle se plia en deux sur le lit en entendant la voix tendue de son père.

— Bonjour, papa. C'est moi.

— Oui, je sais, répliqua-t-il froidement.

— J'ai... J'ai une nouvelle à vous annoncer. Maman est dans les parages ?

— Elle est à côté de moi. J'ai activé le haut-parleur.

Mareka ouvrit la bouche, mais aucun son n'en sortit. Comment leur expliquer qu'elle avait accepté d'épouser... son patron ?

— Je... Je vais me marier. Avec l'homme pour qui je travaille. Cayetano Figueroa.

Mieux valait s'en tenir aux faits bruts. Venant de sa part, c'était encore ce qu'ils comprenaient le mieux.

Mais cette fois, le silence glacial qui suivit sa déclaration sembla indiquer qu'elle aurait dû étoffer un peu la chose.

Le silence s'étendit, mettant sa nervosité à rude épreuve.

— Cela doit vous paraître irréfléchi et précipité, je sais, reprit-elle, incapable de supporter plus longtemps le silence.

C'était tendre le bâton pour se faire battre...

La réaction de son père le confirma.

— Comme d'habitude, se contenta-t-il de répliquer.

Dorénavant, ils ne se souciaient même plus de dissimuler leur dédain.

— Tu es enceinte ?

La question lancée par sa mère d'un ton brutal fit tressaillir Mareka. Inutile de lui rappeler qu'elle-même avait été conçue par accident.

— Mais non !

— Ne feins pas d'être choquée par la question de ta mère, Mareka. Après avoir été photographiée avec lui hier dans une situation compromettante, tu nous appelles maintenant pour nous annoncer une nouvelle pour le moins... douteuse.

Ignore la souffrance. Ne mords pas à l'hameçon.

— Pourquoi « douteuse » ? riposta-t-elle. Parce que vous pensez qu'une fille comme moi ne peut pas, ne mérite pas, d'épouser un homme comme Cayetano Figueroa ?

Mareka regretta aussitôt ses paroles qui furent suivies, comme il fallait s'y attendre, par un nouveau silence.

— Je suis désolée, finit-elle par murmurer en ravalant son amertume.

Cela faisait si longtemps qu'elle s'excusait. Pour tout. Quand comprendrait-elle que le fait de réagir à leur mépris ne faisait qu'engendrer de la souffrance ?

Elle ne le comprenait pas parce que, en tant que parents, ils auraient dû l'aimer, pas la mépriser.

Sentant les larmes lui monter aux yeux, elle battit des paupières et s'éclaircit la voix.

— C'est tout récent, par conséquent nous n'avons pas encore fait de projets définitifs, dit-elle en resserrant les doigts sur le téléphone. Je vous tiendrai au courant, si vous voulez ?

Elle détesta la note d'espoir qui avait coloré sa voix.

Une seconde s'écoula. Deux.

— Nous l'apprécierions. Nous préférerions éviter de nous retrouver dans une position encore plus embarrassante en étant les seuls à ne pas être au courant, répliqua sèchement son père. Maintenant, nous devons nous concentrer sur l'organisation de notre journée. Au revoir, Mareka.

Elle murmura un « au revoir » qui se perdit dans le vide. Son père avait déjà raccroché.

Refusant de se laisser abattre, Mareka balança le téléphone sur le lit, se leva et se dirigea d'un pas ferme vers la salle de bains immaculée. Mais quand elle offrit son visage au jet brûlant, l'eau se mêla aux larmes qui coulaient maintenant sur ses joues. Une fois de plus, ses parents avaient réussi à lui donner le sentiment d'être insignifiante et nulle. De n'être pour eux qu'une nuisance dont ils étaient impatients de se débarrasser.

Ils n'avaient pas pris de précautions durant leur lune de miel et en avaient subi les conséquences, mais ils avaient refusé de modifier leur style de vie – ainsi que l'avait relaté sa mère dans le journal intime découvert par Mareka à l'âge de neuf ans.

Robert et moi sommes d'accord sur le fait que cela ne changera rien. Ce sera une tâche comme une autre.

Ces mots resteraient gravés à jamais dans le psychisme et dans le cœur de Mareka. Elle n'aurait pas dû céder à la curiosité et ouvrir le journal intime dans lequel sa mère écrivait chaque soir quelques lignes avant le dîner, mais cela lui avait permis de comprendre enfin la cause de la froideur et de l'indifférence de ses parents à son égard.

Elle se frotta les yeux, irritée de s'être laissée aller à raviver les vieilles blessures. Elle avait fait son devoir en leur annonçant la nouvelle, et respecté la parole donnée à Cayetano. Ne restait plus qu'à se concentrer sur les bénéfices qu'elle allait retirer de cette transaction.

Dans quelques semaines, elle serait en mesure de créer son

association et pourrait aider des jeunes en difficulté à trouver une place dans le monde. Mais dans l'immédiat, elle allait devoir affronter l'homme qui avait réveillé les désirs qu'elle avait eu tant de mal à refouler.

Sentant son corps s'embraser à cette simple pensée, Mareka tourna le levier en position « froid ». Dix minutes plus tard, elle sortit de la salle de bains et fit la grimace à la perspective de remettre les vêtements portés la veille, puis les enfila rapidement.

En pleine possession de ses moyens, elle entra dans le salon à 7 heures pile… et s'arrêta net en voyant Cayetano à table, tiré à quatre épingles, la tablette posée à côté du coude et mangeant un œuf poché accompagné d'une tranche de jambon sec à l'air appétissant.

Le regard émeraude descendit sur son corps, remonta, avant de retourner à l'écran de la tablette.

— *Buenos días.*

— Bonjour, murmura Mareka, un peu décontenancée.

D'habitude, il ne s'adressait jamais à elle dans sa langue maternelle.

— Tu vas devoir apprendre quelques rudiments d'espagnol, si nous mettons notre projet à exécution.

Une sensation désagréable la traversa, suivie d'un affreux tremblement qui s'empara de tout son corps.

— « Si » nous le mettons à exécution ?

Elle inspira, puis ne put s'empêcher d'ajouter :

— Tu hésites ? Tu as des doutes ?

Il haussa les sourcils, l'air surpris. Puis il reposa sa fourchette et s'appuya en arrière contre le dossier de sa chaise.

— Nullement. Ce « si » te concernait. Pardonne-moi, mais un incident m'a rappelé tout récemment que les femmes avaient le don de vous réserver des surprises, dit-il, pince-sans-rire.

Après l'échange mortifiant avec ses parents, cette pique lui fit l'effet d'une gifle. Mareka serra les poings et s'avança d'un pas vers la table en s'interdisant de se laisser troubler par les effluves musqués qui lui caressaient les narines.

— Je te saurais gré de ne pas me mettre dans le même sac que les autres femmes que tu fréquentes. Comment réagirais-tu si je te comparais à un petit ami ?

Les yeux émeraude étincelèrent, puis ses traits se durcirent.

— Je ne l'apprécierais pas. Surtout s'il s'agissait d'un petit ami actuel.

La question était explicite mais elle se contenta de hausser les sourcils. Pas question de satisfaire sa curiosité.

Ils se dévisagèrent l'un l'autre, jusqu'à ce que le regard de Cayetano descende sur ses poings serrés et qu'une ombre de sourire passe sur la belle bouche sensuelle.

— Je n'ai pas souvenir de t'avoir jamais vue faire preuve d'une telle véhémence, dit-il, l'air songeur. Mais si je t'ai offensée, je te présente mes excuses, Mareka.

Un peu radoucie, elle respira mieux et ignora le doute qui s'insinuait en elle. Avait-elle réagi de façon excessive ?

— J'accepte tes excuses, murmura-t-elle.

Le regard de Cayetano resta posé sur elle pendant quelques instants, puis il se leva d'un mouvement fluide tandis que Mareka le regardait faire en retenant son souffle.

Il tendit la main... et tira la seconde chaise pour elle.

— Oh ! Je... Merci.

Quelle idiote ! Elle avait cru qu'il allait la prendre dans ses bras !

— *De nada.*

Après quelques gorgées de café et quelques cuillerées d'un délicieux muesli, Mareka se sentit mieux, lorsque Cayetano darda soudain son regard pénétrant sur elle.

— Qu'y a-t-il ?

— Alors, as-tu changé d'avis ? Tu ne m'as toujours pas répondu.

— Oh ! Eh bien, non, je n'ai pas changé d'avis. Lorsque je dis oui, c'est oui.

Il la dévisagea un instant en silence avant de répliquer de cette maudite voix suave :

— Vraiment ?

— Je ne t'ai jamais laissé tomber, que je sache ?

— Pas sur le plan professionnel, non, dit-il avec un haussement d'épaules. Ton travail est irréprochable. Mais cette mission nécessitera une vigilance extrême, nous devrons parer à toutes les éventualités, faire attention aux moindres détails.

— Par exemple ?

— Nous allons devoir nous connaître intimement, pour jouer notre rôle à la perfection.

Mareka se raidit. Était-ce de cela qu'il s'était agi la veille ? L'incident du sofa avait-il été un exercice ? un test ?

— Qu'entends-tu par là, exactement ? À qui devrons-nous donner le change ? Aux journalistes ?

— Ce que l'on raconte sur moi dans les tabloïdes m'importe peu, répondit-il du bout des lèvres.

Elle voulut lui rappeler qu'il avait donné la preuve du contraire la veille mais il ne lui en laissa pas le temps.

— Mon entourage proche, en Argentine, et diverses personnes haut placées doivent croire que notre mariage est un vrai mariage, pas une association purement contractuelle.

— Tu n'avais pas fait allusion à cela hier soir, répliqua-t-elle en plissant le front.

Nouveau haussement d'épaules.

— Je ne voyais pas l'utilité de te submerger d'un excès de détails.

— Je ne suis pas une plante fragile, tu sais ? riposta Mareka, piquée au vif.

— Très bien. Ainsi, tu ne pousseras pas les hauts cris lorsque je te toucherai ou t'embrasserai en public.

La tasse de café faillit lui tomber de la main.

— Tu as attendu que j'aie accepté de t'épouser pour me faire part de ces… avenants ? demanda-t-elle en reposant prudemment la tasse sur sa soucoupe.

— C'est important ?

— Bien sûr que c'est important ! Nous allons… Tu parles d'« intimité »… Est-ce que… hier soir…

— Hier soir a été, comme nous l'avons reconnu toi et moi, une absurdité due à la fatigue et à l'heure tardive.

Une lueur indéchiffrable traversa les yeux de Cayetano. Il fixa sa bouche…

— Pense à la rétribution qui te sera allouée – ça vaut bien un petit effort, non ?

Ils devraient se toucher. S'embrasser. Au risque pour elle de trahir son désir inapproprié.

— Tu me rétribues pour jouer un rôle. Tu n'achètes pas mon corps ni mon… mon…

Sa voix mourut sur ses lèvres. Le souvenir des grandes mains chaudes sur elle, du doigt de Cayetano en elle, la fit trembler tout entière. Alors que lui était assis là tranquillement en face d'elle, en pleine possession de ses moyens…

— Tu aurais dû me le préciser hier soir, reprit Mareka après s'être éclairci la voix.

— Hum. Il semble que nous soyons dans une impasse, ou que ce soit rédhibitoire pour toi. Qu'en dis-tu, Mareka ?

La façon dont il disait son prénom, en roulant légèrement le « r », fit déferler une nouvelle vague de chaleur dans son ventre. Elle s'efforça de détourner les yeux de la bouche qui l'avait prononcé, de la courbe sensuelle des lèvres, de la manière dont elles étaient légèrement pincées tandis qu'il la contemplait en plissant les yeux. À la pensée d'embrasser cette bouche en public, elle s'embrasa tout entière.

— Je propose un compromis.

— *Sí* ?

Mon Dieu, elle devait vraiment se calmer et ne pas réagir comme une idiote à chaque fois qu'il parlait espagnol.

— J'accepte un minimum de… contacts physiques mais pas de baisers… sur les lèvres. C'est mon dernier mot.

Eu égard à ce qu'ils avaient fait la veille, sa demande était ridicule, mais Mareka savait que si ses fantasmes devenaient réalité, elle serait perdue. D'autant plus que pour Cayetano, cette réalité était uniquement un moyen d'atteindre un objectif.

Les yeux verts luirent d'un éclat moqueur et cynique. Il tendit la main vers sa tasse, la souleva et la porta à ses lèvres. Puis il la reposa, sans détacher un seul instant les yeux de ceux de Mareka.

— Je commence à m'interroger sur ton niveau d'expérience, Mareka.

— Que veux-tu dire ?

La lueur devint franchement amusée.

— Je veux dire que je me demande ce que tu as vécu comme « contacts physiques » avec un homme si un baiser sur les lèvres est pour toi le summum de l'intimité qui puisse se partager tout habillé.

Une chaleur infernale lui monta aux joues, des frissons brûlants lui parcoururent la peau.

— Je ne...

— Tout va bien, tu n'as pas à justifier ta requête. J'accepte le compromis.

Quand il lui tendit la main, Mareka fut partagée entre l'envie de revenir sur ses paroles et celle de se féliciter d'avoir obtenu gain de cause.

Elle eut un premier aperçu des périls qu'elle encourait lorsqu'elle glissa la main dans celle de Cayetano et qu'il l'attira fermement mais doucement vers lui avant d'effleurer doucement ses lèvres avec les siennes. Une sensation bizarre lui traversa le ventre. Puis, s'apercevant qu'elle retenait son souffle, Mareka se força à respirer.

Cayetano lui lâcha la main presque instantanément.

Une heure plus tard, elle apposa sa signature au bas du contrat dans lequel elle s'engageait à être l'épouse de Cayetano Figueroa durant trois années.

Après le départ des deux avocats, celui-ci lui glissa officiellement la bague de fiançailles au doigt et demanda à son chauffeur de la conduire chez elle afin qu'elle puisse préparer ses bagages.

Ils partaient pour Buenos Aires en début de soirée.

5

Le mariage eut lieu quinze jours plus tard, dans la propriété privée de Cayetano située à proximité de Buenos Aires.

Depuis son arrivée, Mareka avait à peine eu le temps de respirer. Chaque fois qu'elle croyait avoir cinq minutes de liberté, une assistante, une coordinatrice d'événements ou le styliste venaient simplement lui demander son avis sur un détail ou un autre.

Les bureaux européens de Figueroa Industries employaient un bon millier de personnes. Par ailleurs, Mareka savait déjà que l'entreprise avait été créée en Argentine par le grand-père de Cayetano, mais elle n'avait pas saisi que près de vingt-cinq mille personnes travaillaient au sein de Figueroa Industries rien qu'en Amérique latine, et quasiment autant aux États-Unis. Ni que les quelques personnes haut placées mentionnées par Cayetano représentaient en réalité une soixantaine d'individus, tous avides de faire la connaissance de l'épouse de Cayetano. Sans parler des proches qui, à eux seuls, constituaient la moitié des invités.

En l'espace de deux semaines, elle et son fiancé avaient enchaîné sans répit les dîners, soirées, garden-parties et réceptions à un rythme épuisant. À tel point que Mareka se sentait exténuée, alors que, d'un autre côté, elle avait l'impression de passer son temps à ne rien faire.

Elle se retrouva enfin seule la veille de son mariage, après le départ de la coordinatrice d'événements. Celle-ci, une femme d'une quarantaine d'années, venait de lui expliquer crûment qu'elle ne voulait pas d'une mariée aux traits tirés sur les photos et qu'il était « hors de question » que tous les regards ne soient pas braqués sur sa robe. Ébranlée par l'autorité avec laquelle cet avertissement lui avait été donné, Mareka s'était contentée de sourire avant d'aller se réfugier dans sa suite.

Dès le surlendemain, elle n'aurait plus aucun contact avec la majeure partie des organisateurs de l'événement, se répéta-t-elle pour se rassurer. En revanche, elle serait obligée de revoir ses parents.

Elle repensa à la réprobation muette mais non moins implicite affichée par son père et sa mère lors de l'apéritif privé auquel elle et Cayetano les avaient conviés dans l'appartement de Buenos Aires.

Après avoir supporté pendant dix minutes la froideur de ses parents et leurs réponses monosyllabiques, Cayetano s'était lancé dans une véritable offensive de charme, détruisant systématiquement la paroi de glace avec un acharnement et une concentration fascinants à observer.

Mareka avait alors découvert avec stupéfaction qu'il connaissait les carrières respectives de ses parents dans les moindres détails. Il s'y était si bien pris qu'il avait fini par les entraîner dans une conversation animée de plus de trois heures.

Le fait de voir ses parents tomber sous le charme de son futur époux l'avait emplie d'un sentiment qu'elle n'aurait su décrire. Quelque chose ressemblant à de la fierté, mais pas tout à fait. Cayetano ne lui appartenant pas, elle ne pouvait être fière de lui. Aussi avait-elle préféré se dire qu'il s'agissait de gratitude.

Au moment où ses parents leur avaient souhaité bonne nuit, le regard de sa mère s'était attardé sur elle, presque approbateur. Avant que l'indifférence glaciale habituelle lui succède.

Aussi fugace qu'il ait été, ce semblant d'approbation avait affaibli les défenses de Mareka, au point qu'elle fut prise au dépourvu en découvrant le SMS qui arriva alors qu'elle s'apprêtait à se coucher.

Je te demande de m'accorder cinq minutes avant la cérémonie.

Ta mère

Elle eut beau se répéter qu'à cette heure-ci ses parents seraient partis le lendemain, elle ne put se débarrasser de l'anxiété qui la paralysait.

En outre, la perspective de cette entrevue de cinq minutes ne fit qu'augmenter son désarroi face à la nouvelle attitude de Cayetano vis-à-vis d'elle. Depuis leur arrivée, il s'en était tenu au compromis en vertu duquel les contacts physiques se limiteraient au strict minimum.

Au début, elle avait cru qu'elle exagérait, qu'elle se faisait des idées. Mais après deux semaines passées à le côtoyer en public, à sourire devant les photographes avant d'être traitée avec une raideur frisant l'indifférence dès qu'ils se retrouvaient seuls, elle avait senti se rouvrir les vieilles blessures hélas toujours aussi vivaces.

En plus de cela, Mareka avait un autre problème en la personne de la sublime assistante et ex-fiancée dont elle avait pris la place. Elle avait supposé, à tort, qu'Olivia Moreno ne serait en contact avec Cayetano que dans le cadre professionnel, voire qu'ils préféreraient éviter de se rencontrer. Or la beauté sculpturale avait fait maintes apparitions, toutes fort remarquées et admirées.

Sans doute aurait-elle dû s'y attendre, se raisonna Mareka après avoir découvert grâce à une recherche rapide en ligne qu'Oliva appartenait à une famille puissante et influente, et hautement considérée à Buenos Aires. Que, même avant qu'elle commence à travailler pour Cayetano, Octavia faisait déjà partie de son entourage proche et qu'ils se connaissaient depuis l'adolescence.

Par ailleurs, la jeune femme ne paraissait nullement affectée par la rupture de leurs fiançailles. Mareka l'avait observée et avait remarqué que son rire – elle avait une belle voix grave – séduisait tout le monde, hommes et femmes.

Quant à Cayetano, il semblait très proche d'elle. Et à les voir bavarder ensemble, en souriant, avec des amis et des relations d'affaires, on avait du mal à croire qu'ils avaient rompu leurs fiançailles deux semaines plus tôt.

En outre, Mareka avait suffisamment souffert des regards indifférents de ses parents pour reconnaître la même indifférence hautaine dans ceux d'Olivia. De toute évidence, elle trouvait sa remplaçante totalement insignifiante.

Le lendemain matin, Mareka resta pétrifiée devant le haut miroir alors que, le cœur battant à tout rompre, elle découvrait son reflet vêtu d'une splendide robe de mariée toute de soie et de dentelle.

Elle se répéta de nouveau que tout changerait une fois qu'ils seraient mariés, mais sans se rassurer pour autant. Au contraire, elle était terrifiée.

Cayetano avait peut-être changé d'avis... Sa froideur à son égard venait peut-être de là... Elle se détesta de réagir ainsi, mais ne put chasser la sensation glacée qui lui oppressait la poitrine. Elle était tellement tendue qu'elle sursauta en entendant soudain frapper à la porte. Tournant la tête, elle vit sa mère entrer, en robe sans manches couleur safran et dont l'encolure bénitier mettait en valeur sa peau mate de Tahitienne. Les boucles épaisses – dont Mareka avait hérité –, striées de quelques fils argentés sur les tempes, étaient rassemblées en chignon sur le dessus de la tête. Elle tenait à la main une pochette jaune safran assortie à la robe et était chaussée d'escarpins en satin blanc cassé. Les boucles d'oreilles en diamants offertes par son mari pour son cinquantième anniversaire complétaient l'ensemble.

Leurs regards se croisèrent. Mareka aurait voulu lui dire qu'elle était belle mais sachant que cela ne lui aurait valu qu'une nouvelle marque de dédain, elle préféra s'en abstenir.

— Il ne s'agit pas d'une conversation de circonstance entre mère et fille, si c'est ce que tu crains, commença sa mère.

Était-ce ce qu'elle craignait ? se demanda Mareka en l'observant.

— De quoi s'agit-il, alors ?

— Ton... fiancé est plutôt charismatique.

— Tu trouves ?

Sa question lui valut un regard amusé, puis sa mère ôta une peluche invisible de sa robe.

— Ton père et moi voulions simplement te dire que, si tu ne te sens pas à la hauteur, il n'est pas trop tard pour te désister.

Une boule se nicha dans la gorge de Mareka, l'obligeant à s'éclaircir la voix.

— Merci de votre sollicitude. Mais je vais l'épouser.

Jamais encore elle n'avait parlé aussi fermement à sa mère. Les yeux de celle-ci luirent un bref instant, une légère roseur colora ses joues.

— Très bien, si tu y tiens… Mais ne viens pas nous dire après que nous ne t'avions pas mise en garde.

La boule prit un goût acide. Mareka crut qu'elle allait étouffer. Il lui fallut déglutir plusieurs fois avant de pouvoir parler.

— Est-ce vraiment cela qui vous inquiète ? Ou craignez-vous plutôt que je ne vous mette publiquement dans l'embarras d'une façon ou d'une autre ?

Une nouvelle lueur, de surprise, traversa les yeux de sa mère, vite remplacée par le dédain habituel. Mais peu importait. Mareka se félicita d'avoir tenu bon, de s'être affirmée. De ne pas s'être laissé rabaisser en un jour aussi important.

— Merci, mère, enchaîna-t-elle. Maintenant, je dois finir de me préparer.

Sa mère ne bougea pas, comme si elle souhaitait dire autre chose.

Au grand soulagement de Mareka, on frappa de nouveau à la porte.

— Entrez, dit-elle à la hâte.

Avant de rester bouche bée en voyant apparaître son fiancé.

— Bon… bonjour, balbutia-t-elle.

Il était d'une beauté spectaculaire. Scandaleuse. Il n'aurait pas dû avoir le droit d'être aussi beau. Les cheveux peignés en arrière faisaient ressortir les hautes pommettes et la mâchoire volontaire, la courbe des lèvres sensuelles.

— Tout va bien, madame Dixon ? demanda-t-il, le regard dardé sur Mareka.

— Mais oui. J'allais partir.

Sa mère hésita, les regarda tour à tour, puis se détourna et se dirigea vers la porte restée ouverte.

Mareka remarqua à peine son départ tant elle était fascinée par Cayetano.

— Normalement, je devrais protester et dire que tu n'es pas censé me voir maintenant…

Elle était si nerveuse qu'elle ne put continuer.

Était-il venu lui dire qu'il avait changé d'avis ? Que, comme l'avait insinué sa mère, il ne la trouvait pas à la hauteur, finalement ?

Il haussa les épaules et s'avança dans la pièce.

— Tu serais en droit de le faire, dit-il en s'arrêtant devant elle. Mais ce serait une perte de temps. Nous savons tous les deux ce qu'il en est réellement de ce mariage.

Une transaction commerciale. Une union vide de toute émotion, de tout sentiment.

— Tu désirais me dire quelque chose ? demanda-t-elle.

Sa voix avait tremblé, trahissant sa nervosité.

— J'ai vu ta mère entrer chez toi. J'ai remarqué l'autre soir que votre relation n'était pas très… chaleureuse.

Un soulagement immense envahit Mareka.

— Ah… Alors tu es seulement venu voir si j'allais bien ? ne put-elle s'empêcher de demander.

— Seulement ? fit-il en haussant un sourcil.

Son regard scruta le sien, puis descendit sur sa bouche, son cou, sa gorge, sur tout son corps.

— Venir m'assurer que ma fiancée va bien quelques minutes avant notre mariage n'est pas dénué d'importance.

Mareka déglutit. Elle s'interdit de se réjouir.

— Tu… Tu n'as pas changé d'avis ? demanda-t-elle avant de se traiter d'idiote.

Un tressaillement imperceptible parcourut Cayetano. Il la regarda en plissant les yeux.

— Qu'est-ce qui a bien pu t'amener à penser que je pourrais changer d'avis ? demanda-t-il lentement, avec méfiance.

Il la dévisagea un instant en silence.

— Mareka...

Dans les yeux verts, elle discerna une lueur... inquiète.

Mareka eut presque envie de rire. De soulagement. C'était si rassurant de voir une minuscule faille dans la formidable armure de Cayetano. De s'apercevoir qu'il n'était pas arrogant au point de croire qu'il suffisait d'un claquement de doigts pour que tout le monde s'incline devant lui. Brusquement, elle se demanda si elle avait mal interprété la froideur qu'il avait manifestée vis-à-vis d'elle ces deux dernières semaines.

Cette pensée lui donna la force de redresser le menton et de le regarder droit dans les yeux.

— Non. Je n'ai pas changé d'avis non plus. Il faudrait bien plus qu'une conversation de cinq minutes avec ma mère pour m'amener à le faire.

La lueur disparut, remplacée par de la curiosité. Mais Mareka n'avait pas l'intention de la satisfaire. Elle s'était déjà beaucoup trop livrée à lui.

— Maintenant que nous savons où nous en sommes, je propose que nous allions rejoindre les invités, dit-elle. Ils doivent commencer à s'impatienter.

— Ils attendront aussi longtemps que je le voudrai, répliqua-t-il, le regard toujours soudé au sien.

Puis, à l'instant même où Mareka crut qu'il allait se détourner et s'en aller, il se rapprocha d'un pas.

— Que... qu'est-ce que tu fais ? demanda-t-elle dans un souffle.

— Je règle un dernier petit problème dont nous devons nous affranchir, murmura-t-il.

Elle savait exactement ce qu'il voulait dire. Son cœur s'emballa. Son pouls s'accéléra.

Les yeux magnifiques fixèrent sa bouche.

— Cayetano…

— Voilà, c'est exactement ce que j'attends de toi, je veux voir cette même intensité dans ton regard lorsque nous rejouerons cette scène devant les invités. D'accord ?

Elle le dévisagea en silence. Elle n'osait bouger de crainte qu'il ne fasse pas ce qu'il s'apprêtait manifestement à faire.

Fut-ce en réaction à la visite déprimante de sa mère, ou à l'indifférence et la froideur qu'il lui avait témoignées pendant deux semaines ? Mareka n'aurait su le dire, mais elle s'abandonna sans résistance contre le corps musclé de Cayetano et referma les mains sur sa nuque chaude.

Un gémissement franchit ses lèvres à l'instant où, pour la première fois, leurs deux bouches fusionnaient. Elle n'aurait pas dû se laisser aller ainsi, elle le savait, mais toute prudence la déserta, balayée par les caresses de la langue experte qui enlaçait la sienne.

Elle avait tellement fantasmé, tellement rêvé de cet instant, se demandant quel goût aurait sa bouche, si elle comparerait ce baiser avec ce qu'elle avait connu auparavant. Eh bien, non. Rien n'aurait pu être comparé à ce qu'elle vivait maintenant. C'était extraordinaire. Fabuleux. Divin. Elle garderait le souvenir de ce baiser jusqu'à son dernier jour et pressentit qu'elle ne connaîtrait jamais plus la même magie.

Cette pensée troubla si profondément Mareka qu'elle écarta sa bouche de celle de Cayetano pour tâcher de se ressaisir avant d'être anéantie.

— Pou… pourquoi m'as-tu embrassée ? chuchota-t-elle

Il haussa un sourcil tout en lui passant le bout de la langue sur la lèvre supérieure. Elle voulut lui dire d'arrêter, de cesser de lui envoyer des signaux contradictoires, mais au lieu de cela, elle le laissa faire.

— J'avais besoin d'être sûr, dit-il enfin contre sa bouche.

— Sûr de quoi ?

— Tu crois que je n'ai pas remarqué que chaque fois que je te touche, tu tressailles ou frémis comme un petit oiseau effarouché ? Je ne voulais pas de cela tout à l'heure.

Bien sûr… Elle aurait dû s'en douter.

En vérité, Mareka ne savait si elle détestait ou enviait le regard pragmatique qu'il portait sur tout ce qu'il faisait. Comment pouvait-il rester aussi maître de lui-même, aussi rationnel, alors qu'elle subissait un véritable tsunami émotionnel ?

— Eh bien, tu es rassuré, maintenant, répliqua-t-elle en détournant les yeux.

— Un gémissement plus audible serait peut-être préférable, ajouta-t-il d'un ton détaché. Et si tu te sens encline à t'accrocher à moi un peu plus longtemps, la performance sera encore plus probante.

Elle réussit à acquiescer d'un hochement de tête en dépit du froid glacial qui l'envahissait.

— Je m'en souviendrai. Maintenant, si tu en as terminé avec tes recommandations, nous pouvons peut-être clore la séance de préparation ? lança-t-elle d'un ton brusque.

Cayetano tiqua, une lueur irritée traversa son regard.

— Effectivement. Je t'attends au pied de l'autel.

Quand il la dévisagea un instant en silence, Mareka vit de nouveau la lueur inquiète traverser son regard. Mais ce fut si fugace qu'elle se demanda si elle ne l'avait pas imaginée.

Lorsque l'armée de personnel qui s'occupait des préparatifs de la cérémonie réapparut et que tous s'affairèrent autour d'elle, vérifiant les ultimes détails, Mareka eu l'impression de se retrouver enfermée dans une bulle et ne tenta pas d'en sortir quand elle rejoignit son père qui, le visage semblable à un masque, lui offrit son bras sans dire un mot.

Au fur et à mesure qu'ils s'avançaient côte à côte, elle se sentit protégée par sa bulle et ne paniqua pas quand, traversant la pelouse, elle vit un océan de visages tournés vers elle. En dehors de sa mère et de son père, aucun membre de sa famille n'était présent. Mareka l'avait voulu ainsi, incapable d'envisager de devoir supporter, en plus, la curiosité de parents plus ou moins bienveillants.

Toujours à l'abri dans sa bulle, elle continua d'avancer la tête haute, ignorant délibérément les chuchotements et les regards dardés sur sa robe et ses diamants.

Elle n'aurait sans doute pas pu tenir le coup bien longtemps si elle n'avait eu les yeux rivés à ceux de Cayetano qui l'attendait à l'extrémité de l'allée. Le regard pénétrant l'hypnotisait, l'attirant comme un aimant et lui faisant oublier la présence de son père à côté d'elle. Ce fut seulement lorsqu'il détourna les yeux pour saluer ce dernier d'un bref hochement de tête qu'elle réussit à sourire avant de redevenir captive de son regard.

Dès l'instant où il lui tendit la main, Mareka oublia tout le reste : ses parents, les invités…

Elle connaissait les tenants et les aboutissants de leur mariage. Elle les acceptait. Mais, tout en étant consciente de la nature réelle de leur union, elle s'émerveilla de porter une robe somptueuse et de tenir la main de l'homme qui régnait sur sa vie secrète depuis de nombreux mois.

Quand elle se tourna vers lui, elle réalisa que les chuchotements s'étaient tus et que l'assemblée les observait en retenant son souffle. Elle ne put s'empêcher de le regarder dans les yeux. Aurait-elle dû s'inquiéter de voir qu'il avait l'air aussi solennel et posé que lorsqu'il avait enclenché le processus qui les avait conduits là, devant l'autel ? Son cœur n'en avait cure, en tout cas. Mareka suivit les instructions du célébrant et, le regard soudé à celui de l'homme avec qui elle allait être indissolublement liée pendant trois années, elle répéta les vœux qui auraient dû être impersonnels et aseptisés, mais qui résonnèrent néanmoins au plus profond de son être. Sa réaction était stupide, elle le savait aussi, mais elle ne put réprimer la pensée que, quelles que soient les conséquences de ce mariage arrangé, elle réalisait un désir secret.

Au même instant, Cayetano prononça à son tour ses vœux de sa belle voix de baryton, et ils furent déclarés mari et femme.

Quand il l'attira vers lui, que ses grandes mains chaudes lui enveloppèrent les épaules, elle s'interdit de paniquer. Elle savait ce qui allait s'ensuivre. Ils avaient répété la scène. Elle ne tressaillit pas, ne frémit pas lorsque les lèvres de Cayetano se rapprochèrent des siennes.

En revanche, Mareka sentit le courant brûlant fuser en elle. Son cœur lui martelait les côtes, son pouls battait comme un fou. Elle leva les bras et referma les mains sur les solides épaules tandis qu'il l'embrassait à pleine bouche. Avec passion. Le baiser se prolongea, longtemps. Des murmures et des chuchotements montèrent autour d'eux, des toussotements.

Quand il redressa la tête, il ne lâcha pas Mareka tout de suite, ce dont elle lui fut reconnaissante car sans son soutien, elle aurait vacillé sur ses hauts talons.

L'illusion était parfaite : la mariée rougissante et prête à défaillir après le baiser fougueux de son époux. Et à en juger par le regard suffisant de Cayetano, elle avait réussi l'examen.

6

La réception battait son plein, les invités s'étaient éparpillés dans toute la propriété, les jardins, les salons, savourant les mets exquis qui leur étaient servis, le champagne millésimé et la bonne compagnie. Où que Mareka porte son regard, elle voyait des petits groupes bavardant avec animation, riant, s'amusant.

Cayetano leur avait ouvert totalement sa vaste demeure et ils en profitaient à fond, constata-t-elle lorsqu'elle partit à la recherche de son mari, lequel lui avait glissé au doigt une ravissante alliance en platine – commandée spécialement chez Smythe, avait découvert Mareka, et faisant partie d'une vaste collection.

Évoluant de groupe en groupe, elle s'arrêta un instant en riant lorsqu'un invité lui demanda d'un ton taquin si elle avait déjà perdu son époux. Mais la plaisanterie se répétant plusieurs fois, elle perdit rapidement toute envie de rire et remarqua que la flûte de champagne – à laquelle elle n'avait pas touché – tremblait entre ses doigts.

Bravement, elle continua d'avancer avant de s'immobiliser brusquement en entendant l'échange animé qui provenait du bureau de Cayetano. Lentement, elle se rapprocha de la porte entrebâillée. Il parlait avec ses parents.

De l'endroit où elle se trouvait, elle aperçut sa belle-mère et comprit à la posture de celle-ci qu'elle ferait mieux de ne pas se manifester.

Cayetano se tenait debout face à eux et avait l'air particulièrement tendu. De toute évidence, il faisait un effort surhumain pour contenir la rage qui bouillait en lui.

— Et vous avez choisi de me parler de cela *aujourd'hui* ? lança-t-il d'un ton aigre.

— Tu ne prends même plus nos appels, répliqua son père. Nous ne pouvions pas laisser passer l'opportunité de te parler.

— Si je ne prends plus vos appels, répliqua Cayetano, les mâchoires crispées, c'est parce que vous cherchez à me joindre uniquement lorsque vous avez quelque chose à me demander – de l'argent, en l'occurrence.

Le cœur de Mareka se serra, puis elle tressaillit en entendant le père éclater de rire.

— Ne me dis pas que tu t'accroches encore à ta sentimentalité d'adolescent ? Tu es un homme indépendant, à présent – comme tu ne manques jamais l'occasion de nous le rappeler. Et tu devrais nous en être reconnaissant, car c'est à nous que tu dois ta détermination. Il serait temps que tu nous témoignes un peu de gratitude.

Cayetano serra les poings, son visage s'assombrit.

— Ou sinon ? Laisse-moi deviner, tu penses avoir les moyens de faire pression sur moi ?

Ses parents échangèrent un regard fat.

— Nous savons que ton mariage est une imposture. Et, oui, nous ambitionnons de faire partie du conseil d'administration en échange de notre discrétion. Tu ne voudrais tout de même pas nous faire croire que tu es amoureux de cette petite aventurière de rien du tout ?

Cayetano resta silencieux. Le cœur de Mareka battait si fort qu'elle l'entendait résonner dans ses oreilles.

— Non, je ne l'aime pas, finit-il par répliquer, et je la connais à peine. Mais à la différence de toi, père, je n'envisage pas de me laisser entraîner par des caprices et des émotions incontrôlables qui risqueraient de s'interposer entre moi et mon droit de naissance. D'autre part, tu oublies que si tu fais quoi que ce soit qui nuise à l'entreprise, tu en subiras toi aussi les conséquences.

Elle aurait dû partir et aller se réfugier dans un endroit tranquille pour tenter d'apaiser la souffrance causée par les paroles de Cayetano. Mais rien ne l'apaiserait. Mareka le savait d'expérience.

Au lieu de s'éclipser discrètement, elle poussa fermement la porte et se trouva face à trois regards surpris et hostiles. Mais ce fut à Cayetano seul qu'elle s'adressa.

— Tout va bien ? demanda-t-elle.

L'expression de rejet qui se lut sur ses traits lui fit terriblement mal mais elle soutint son regard sans ciller.

— Tiens, fit le père d'un ton railleur. La fausse épouse vole au secours de son mari bien-aimé ? Inutile de feindre l'indignation, ma chère. Nous savons tous que ce mariage n'est qu'une farce.

— Je te prie de t'adresser à ma femme avec respect, intervint Cayetano d'une voix glaciale.

Son père haussa un sourcil mais se garda de répliquer.

— Appelle-nous la semaine prochaine, dit alors sa mère à Cayetano. Nous comptons sur toi pour faire le nécessaire concernant notre intégration au conseil d'administration. Et n'essaie pas de te dérober à ton devoir. Nous avons plus d'influence et de pouvoir que tu ne le crois.

Cayetano pinça les narines, serra les lèvres, mais resta silencieux. Quant à ses parents, ils quittèrent la pièce après un dernier regard méprisant à Mareka qui tremblait intérieurement comme une feuille.

— Mareka, tu...

— Tu demandes à ton père de me parler avec respect ? l'interrompit-elle brutalement. Et toi ? Où est-il, ton respect ?

— Pardon ?

Elle avait tort de le provoquer, elle aurait dû s'arrêter là, mais ce fut plus fort qu'elle. Il fallait qu'elle exprime ce qu'elle ressentait.

— Tu leur as dit que tu ne m'aimais pas, reprit Mareka en carrant les épaules. Que tu me connaissais à peine.

— Et laquelle de ces assertions est-elle fausse ? rétorqua-t-il, les traits rigides.

Un frisson glacé la traversa. Il avait raison, évidemment. Il avait dit la vérité.

— Je pensais que ce n'était pas nécessaire de le dire explicitement, Mareka, mais je me trompais peut-être. Alors, je vais être très clair avant que la situation dégénère : tu aurais tort de développer des sentiments pour moi.

La sensation de froid s'intensifia mais elle réussit néanmoins à redresser le menton.

— Tu as une très haute opinion de toi-même, n'est-ce pas ?

Il eut un léger mouvement de recul, puis soupira.

— Ce qui compte, c'est tout soit bien clair entre nous.

— Ne t'inquiète pas. Je sais exactement à quoi m'en tenir.

Mareka fit volte-face, pressée de s'éloigner de lui et de se débarrasser de la souffrance qui lui oppressait la poitrine.

— Au fait, Mareka…

Elle s'immobilisa devant la porte.

— Oui ?

— Dorénavant, ne te donne pas la peine de voler à mon secours. Je suis confronté à des individus de cette espèce depuis toujours. Je sais comment m'y prendre avec eux. Tu devrais peut-être plutôt te concentrer sur tes parents, conclut-il avec une pointe dure dans la voix.

Cette touche finale anéantit tout reste de fantasme.

— J'ai compris. Tu n'as pas besoin de mon aide.

Sur ces paroles, elle courut se réfugier dans la salle de bains la plus proche et ferma la porte à double tour. Puis elle essuya résolument les quelques larmes qui roulaient sur ses joues. Elle ne pleurerait pas. Parce qu'elle se fichait éperdument de ce que Cayetano pensait d'elle. D'accord ? Elle l'avait épousé uniquement parce qu'elle se sentait un tout petit peu responsable d'avoir contrarié ses projets. Ses fantasmes stupides étaient bel et bien morts et enterrés et elle avait renoncé à tout espoir de développer quoi que ce soit entre elle et son mari. D'accord ?

Sentant les larmes couler à nouveau, Mareka s'essuya rageusement les joues et se regarda dans le miroir. Les dégâts n'étaient pas trop importants, heureusement.

Un mouchoir en papier suffit en effet à les réparer. Personne ne soupçonnerait qu'elle avait pleuré.

Mareka fit volte-face et se dirigea vers la porte.

Le bref échange avec Cayetano avait été très instructif. Son passé l'avait endurci et amené à verrouiller toutes ses émotions. À anéantir tout obstacle susceptible de l'empêcher d'obtenir la seule chose qui comptait pour lui : sa précieuse entreprise.

Elle-même ne représentait pour lui qu'un moyen d'atteindre son but. Elle devrait s'en souvenir en permanence. Même si cela la faisait atrocement souffrir.

Moins d'une heure plus tard, Mareka vit avec soulagement les premiers invités s'en aller. En revanche, elle avait du mal à échapper au regard pénétrant de Cayetano.

Réalisant que sa flûte de champagne tremblait de nouveau dans sa main, elle se retourna d'instinct et s'aperçut qu'il se tenait derrière elle.

— Attention, *querida*, murmura-t-il. On lit en toi comme dans un livre ouvert.

— Et nous ne pouvons pas nous permettre ce genre d'exposition, n'est-ce pas ? riposta-t-elle plus sèchement qu'elle ne l'avait souhaité.

Quelques invités tournèrent subrepticement les yeux vers eux avant de reprendre leur discussion comme si de rien n'était tandis que Cayetano lui enlaçait la taille. Son geste ne surprit pas Mareka. Elle le prit pour ce qu'il était : un avertissement en bonne et due forme.

— Je crois que le moment est venu de disparaître avec mon

épouse bien-aimée, dit-il au couple qui venait de s'arrêter à côté d'eux. Je l'ai partagée avec vous toute la soirée, je la veux pour moi seul, à présent.

Des rires fusèrent, bientôt suivis d'applaudissements au moment où ils franchissaient la double porte grande ouverte.

Mareka se laissa entraîner dans l'enfilade de couloirs. Cayetano la serrait contre lui et souriait, mais elle sentait une tension formidable émaner de tout son corps. Ce ne fut que lorsqu'ils débouchèrent sur la terrasse qu'elle repéra l'hélicoptère stationné à l'extrémité des jardins éclairés savamment par des spots invisibles.

Subitement, elle se rappela avoir lu, sur l'une des listes interminables présentées par une assistante, l'indication suivante : « Lune de miel à Córdoba ».

Ses pieds ralentirent d'eux-mêmes tandis qu'elle se maudissait de n'avoir pas prêté attention à un détail aussi important. Cayetano remarqua son hésitation, naturellement. Il ralentit à son tour, puis ils s'arrêtèrent en même temps et, sans lui laisser le temps de réagir, il la prit dans ses bras.

— Avant de dire quelque chose que tu pourrais regretter, souviens-toi que nous avons des spectateurs, *querida*. Nous avons effectué la partie la plus importante du parcours, ne gâchons pas tout maintenant, d'accord ? susurra-t-il en lui caressant la joue du dos de la main.

Mareka ne s'y trompa pas. C'était un nouvel avertissement. Elle passa outre. Ses réserves de patience commençaient à s'épuiser et elle n'était pas sa « chérie ».

— Et alors ? Que se passerait-il si nous « gâchions tout » ? rétorqua-t-elle d'un ton vif.

Il pencha la tête et lui frotta le bout du nez avec le sien.

— Je vais te faire taire de la seule façon qui puisse calmer l'amorce de rébellion qui ne demande qu'à...

— Tu ne manques pas de toupet ! Si tu ne veux pas montrer tes émotions, libre à toi. Mais ne me demande pas de gérer les miennes sur commande. Et puis, tu as obtenu ce que tu désirais : j'ai bien joué mon rôle, non ?

Un éclair fusa dans son regard, puis il étrécit les yeux et tourna vivement la tête vers la gauche. Suivant son regard, Mareka vit que les invités les observaient en effet depuis la terrasse surplombant les jardins.

Au même instant, Cayetano lui posa la main sur le bras puis la referma sur sa taille. De l'autre, il lui caressa la joue avant de lui saisir la nuque. Puis, sans prévenir, il la renversa en arrière, façon tango, et mit sa menace à exécution, sous les applaudissements des invités.

Lorsqu'il prit sa bouche, la rébellion qui couvait en Mareka explosa, déclenchée par la voracité de Cayetano et l'ardeur qu'il mettait dans ce baiser.

Elle se détesta de le laisser jouer avec elle pour donner l'illusion de la passion. De savourer les caresses de ses lèvres et de sa langue au lieu de les refuser.

Quand il se redressa, elle ignora le vertige qui l'assaillait.

— Et maintenant ? lança-t-elle crânement. Tu vas t'agenouiller et arracher ma jarretière avec les dents ?

— Je le ferais si tu en portais une.

— Comment sais-tu que ce n'est pas le cas ?

Une lueur étrange brilla dans ses yeux.

— Parce que je suis attentif, *querida*. À tout.

— Et c'est censé m'effrayer ? Ou me rassurer ? Parce que, je te le dis tout net, cela ne me fait ni chaud ni froid.

— Je vais devoir redoubler d'efforts, alors.

— Tu trouves ça drôle ? Tu t'amuses bien ?

— De quoi parles-tu, exactement ?

— Tu plaisantes ? Tu n'as pas entendu ce que j'ai dit il y a deux minutes ?

Il esquissa une petite moue.

— Tout ce que je vois, c'est une jeune mariée à bout de nerfs.

— Une jeune mariée à bout de nerfs dont tu ne te soucies pas le moins du monde, c'est ça ?

La lueur étrange réapparut dans les yeux verts.

— Mais, ma chère épouse, je ne me souviens pas que « se soucier l'un de l'autre » soit mentionné dans le contrat que nous avons signé tous les deux.

— Tu as raison. Je suis stupide. Mais je n'aurais pas pensé que tu puisses être aussi cruel.

Il se raidit, une ombre voila son regard. Puis, sans se préoccuper des invités qui les observaient toujours depuis la terrasse, il la souleva dans ses bras et s'avança à grands pas vers l'hélicoptère.

Juste avant de monter à bord, il pencha la tête et lui murmura à l'oreille :

— C'est aussi bien que tu t'aperçoives de ton erreur dès à présent, *querida*. Cela nous évitera d'éventuelles déceptions.

Mareka connaissait l'étendue de la richesse de Cayetano ; elle savait par ailleurs qu'il possédait des propriétés dans le monde entier ; mais en dépit de sa beauté, la villa de Córdoba, ville du centre nord de l'Argentine, ne l'impressionna nullement.

« C'est aussi bien que tu t'aperçoives de ton erreur dès à présent, *querida*. Cela nous évitera d'éventuelles déceptions. » Ces paroles avaient tourné en boucle dans sa tête durant les cinquante minutes qu'avait duré le vol.

Mais quand il l'entraîna à l'intérieur de l'immense villa où ils allaient passer une semaine, elle n'était consciente que d'une seule chose : des doigts enveloppant les siens – alors qu'il n'y avait plus aucun témoin pour les observer.

Après la cérémonie officielle, le couturier l'avait débarrassée de sa traîne, transformant la robe de mariée en une élégante robe de soirée qui lui permettait de se mouvoir librement. Aussi, Mareka dégagea sa main de celle de Cayetano au moment où ils entrèrent dans un vaste salon à la décoration raffinée, et elle s'éloigna rapidement de lui, non sans lui avoir lancé un regard destiné à lui faire comprendre qu'elle voulait qu'il la laisse tranquille.

Il la regarda quelques instants puis soupira.

— Ce n'est pas tout à fait ce que j'imaginais pour notre première soirée de jeunes mariés.

Un petit rire incrédule franchit les lèvres de Mareka.

— Fais-moi plaisir, cesse de jouer les maris désappointés. Comme tu l'as dit toi-même, tu te fiches éperdument de ce que je peux ressentir… en l'absence de témoins, naturellement.

Sentant les larmes lui picoter les paupières, elle s'interrompit et embrassa la pièce du regard.

— Y a-t-il une gouvernante, ou puis-je m'installer dans n'importe quelle chambre ?

Il ne répondit pas, se contentant de l'observer de ce regard pénétrant qui donnait à Mareka l'impression dérangeante qu'il lisait en elle. Jusque dans son cœur.

Détournant les yeux, elle s'avança vers la porte. Mais il la devança et lui barra le passage.

— J'autoriserai les désaccords mais pas les conflits qui s'éternisent.

— C'est curieux, j'ai lu attentivement notre contrat, mais je ne me souviens pas de cette condition particulière.

Voyant qu'il allait répliquer, elle l'interrompit d'un geste de la main.

— Tu crois pouvoir me contrôler, n'est-ce pas ? Tu penses que je te laisserai me manipuler à ta guise. Tu as une piètre opinion de moi, je sais, mais je t'interdis de m'insulter.

— Je n'ai pas une piètre opinion de toi, déclara-t-il en fronçant les sourcils.

— Ah non ? rétorqua Mareka sans plus contenir la colère qui bouillait en elle. Je ne t'ai pas vraiment entendu prendre ma défense lorsque ton père m'a traitée de « rien du tout ».

Il serra les mâchoires, prêt à riposter, mais elle était trop fatiguée, physiquement et émotionnellement, pour poursuivre cet échange qui, de toute façon, ne mènerait nulle part.

— J'ai honoré ma part du contrat, Cayetano. Alors laisse-moi tranquille, maintenant.

Durant un moment qui lui parut durer une éternité, il la dévisagea en silence, puis dut comprendre qu'il n'obtiendrait plus rien d'elle ce soir et acquiesça d'un hochement de tête.

L'instant d'après, les deux battants de la double porte s'ouvrirent comme par magie sur un majordome qui semblait avoir été sommé d'apparaître par la seule volonté de son employeur. L'homme de petite taille âgé d'une cinquantaine d'années échangea quelques mots avec Cayetano, puis, le visage dénué de toute expression, il s'inclina devant Mareka et l'invita à le suivre.

Elle ne souhaita pas bonne nuit à son époux. Il lui avait suffisamment montré qu'elle n'était qu'un rouage interchangeable et que, en dehors de cela, elle n'existait pas pour lui. De la même façon qu'elle n'existait pas aux yeux de ses parents.

7

Cayetano se retint à grand-peine de claquer la porte de sa suite derrière lui. Il la referma, s'y adossa et se passa la main sur le visage.

Tout avait commencé à aller de travers lorsqu'il avait vu celle qui était désormais sa belle-mère entrer chez Mareka.

Non, ce n'était pas à ce moment-là. Il savait précisément quand la situation avait commencé à dérailler. Au moment où il avait invité ses parents à son mariage. Erreur. Égaux à eux-mêmes, ils avaient cherché à le manipuler à la première occasion.

Il secoua la tête et refoula l'amertume qui lui montait aux lèvres. Ils auraient pu au moins faire semblant de se réjouir pour lui, même si ce mariage n'était qu'une comédie. Ils étaient allés jusqu'à le railler quand il avait manifesté un tant soit peu d'émotion, bon sang !

Ses beaux-parents ne valaient guère mieux... Comment ces êtres froids et insensibles avaient-ils pu engendrer un être qui, en dépit de ses efforts pour le cacher, avait le cœur sur la main ? Une femme surprenante qui, bien que totalement étrangère au gratin de la société buenos-airienne, avait fait une prestation spectaculaire qui l'avait littéralement fasciné.

Quant à la façon dont lui-même s'était défoulé sur elle...

Il n'allait tout de même pas rejeter la faute sur ses parents, les rendre responsables de sa propre incapacité à contrôler son ressentiment et sa déception ?

S'appuyant la tête contre la porte, il contempla le plafond.

— Merci, grand-père, marmonna-t-il entre ses dents. J'espère au moins que tu es heureux, où que tu sois.

Cayetano s'écarta de la porte, déterminé à ne plus se laisser entraîner dans ce cercle infernal.

Avait-il été trop dur avec elle ? Oui, assurément. Il était allé trop loin et avait reporté ses frustrations et sa colère sur Mareka qui n'y était pour rien.

Cependant, cette empathie qu'il avait lue dans ses yeux, comme si elle savait qu'il souffrait…

Ce qu'il éprouvait ne la regardait pas.

D'un geste brusque, il déboutonna les premiers boutons de sa chemise. Il avait l'impression d'étouffer, tout à coup. Mais déboutonner sa chemise n'y changea rien. Cayetano revit l'expression peinée de Mareka et poussa un juron.

Il s'assit sur le sofa avant de se relever aussitôt, puis se mit à arpenter le salon pour évacuer les sensations auxquelles il n'était pas habitué. Mais sans parvenir à chasser les pensées qui s'étaient développées à son insu depuis le soir où, deux semaines plus tôt, l'idée d'épouser son assistante britannique avait soudain germé dans son esprit.

Inutile de se raconter des histoires. Il avait le choix entre deux options : ou bien il restait sur son piédestal, convaincu que ses remarques étaient justifiées ; ou bien il faisait le nécessaire pour que ce mariage de convenance démarre sur de bonnes bases.

Laisser la situation se dégrader n'aurait pas été une bonne idée. Il le savait d'expérience.

Les mâchoires crispées, Cayetano sortit du salon, pressé de réparer ses torts. Moins d'une minute plus tard, il frappait à la porte de Mareka. Puis il attendit, la sueur perlant à ses tempes, jusqu'à ce qu'elle entrebâille la porte et baisse les yeux sur ses pieds avant de remonter lentement, comme si elle retardait le moment de voir son visage.

Au lieu d'en être irrité, il fut pris d'une émotion tout à fait différente, comme cela lui était arrivé trop souvent lorsqu'elle le regardait de ses grands yeux expressifs.

— Tu viens me donner le coup de grâce ? demanda-t-elle, la voix légèrement tremblante et franchement offensée.

Il ouvrit la bouche pour lui répondre mais le discours répété en chemin s'était envolé. Il secoua la tête.

— Non, pas vraiment. Je peux entrer ?

— Pour quoi faire ? répliqua-t-elle en haussant les sourcils.

Son attitude ne fit que raviver le désir qui le consumait. Le désir d'explorer son corps aux courbes affolantes, d'embrasser ses lèvres pulpeuses. Il la désirait déjà avant leur mariage, et tout à l'heure, sur la pelouse, il avait eu du mal à résister à la force sauvage qui le poussait vers elle.

Cayetano fit un pas en avant et vit le pouls s'accélérer à la base du cou gracieux.

— C'est notre nuit de noces, dit-il en guise de réponse.

Et cette pensée lui tournait un peu la tête, reconnut-il en son for intérieur.

— D'aucuns estimeraient criminel de ne pas passer au moins une partie de cette nuit ensemble, ajouta-t-il.

Les yeux noisette s'écarquillèrent, puis s'étrécirent.

— Je ne sais pas à quoi tu joues, mais la journée a été longue. J'aimerais me coucher, alors dis-moi ce que tu as à me dire et va-t'en, s'il te plaît.

Quand il s'appuya de l'épaule au chambranle de la porte, il huma les effluves fleuris de son parfum qu'il trouvait de plus en plus sensuel.

— J'ai été un peu dur, tout à l'heure...

— Un peu ? l'interrompit-elle vivement.

Cayetano pinça les lèvres.

— Je préférerais ne pas poursuivre cette conversation derrière ta porte.

Il scruta son visage. Était-ce une idée, ou était-elle plus pâle que d'habitude ?

— Ah bon ? La petite aventurière de rien du tout avait l'impression que la conversation était terminée.

Maudit soit son père. La façon dont il avait parlé d'elle l'avait blessée profondément, naturellement. Devait-il s'en aller ? S'il la laissait maintenant, la tension serait toujours là le lendemain matin. Il inspira profondément.

— Mon père a la fâcheuse habitude de se concentrer sur ce qu'il croit être important pour moi et… de le détruire, lâcha-t-il d'un trait.

Mareka tressaillit et pâlit encore.

— Que veux-tu dire ?

— Que si j'avais pris ta défense, il serait devenu encore plus agressif.

— Tu l'as laissé m'insulter pour… me protéger ? demanda-t-elle d'un ton sceptique.

— Tu as entendu la plus grande partie de notre conversation. Les crois-tu incapables de recourir aux plus viles bassesses ? riposta-t-il sans pouvoir dissimuler son amertume.

La lueur de compassion emplit de nouveau les yeux de Mareka. Il se détesta – et la détesta peut-être elle aussi – de lui donner envie de l'accepter, de s'y abandonner.

— Non, ils en sont sans doute capables, murmura-t-elle. Je…

Elle s'interrompit et tressaillit.

— Qu'y a-t-il ? fit-il en plissant le front.

— Je…, commença-t-elle. Ce n'est rien…

— Non, ce n'est pas rien, manifestement. Plus vite tu me diras ce qui ne va pas, plus vite tu pourras te débarrasser de moi.

Tout en parlant, il poussa la porte et laissa échapper un juron en voyant sa main.

— *Dios mío*, que t'est-il arrivé ? demanda-t-il d'un ton involontairement brutal.

Ce qui eut pour effet de la faire reculer d'un pas. S'accroupissant devant Mareka, il lui effleura doucement les doigts. Elle les plia tandis qu'il examinait la plaie d'environ cinq centimètres qui traversait le poignet délicat. Enfonçant sa main libre dans sa poche, il en sortit un mouchoir qu'il appliqua délicatement sur la plaie.

— Comment est-ce arrivé ?

— Une succession de maladresses assez cocasses – un vrai sketch...

— Je ne plaisante pas, Mareka. Pourquoi ne m'en as-tu pas parlé quand j'ai frappé à ta porte, bon sang ?

Et pourquoi lui-même était-il aussi affecté de la voir souffrir ? Il y réfléchirait plus tard. Cayetano se redressa et, pour la seconde fois de la journée, la souleva dans ses bras.

— Tu vas vraiment devoir perdre cette habitude, tu sais ?

— Pourquoi ? Tu comptes m'en empêcher ? répliqua-t-il en s'avançant vers la salle de bains.

Il ralentit en voyant les bris de verre répandus sur le sol puis, évitant soigneusement de marcher dessus, il assit Mareka sur le large plateau de marbre de la table de toilette.

— Ne bouge pas. Je vais chercher la trousse de secours.

Au moment où il se détournait, elle roula les yeux.

Cayetano sentit sa bouche trembler aux coins et revint bientôt avec la trousse lorsqu'il aperçut la robe de mariée abandonnée en tas dans un coin de la salle de bains.

Jusque-là, il n'avait pas vraiment prêté attention à ce que Mareka portait. Tournant les yeux vers elle, il s'arrêta net.

Dios mío... Le body de dentelle blanche moulait son corps comme une seconde peau, en dessous du déshabillé fait d'une soie translucide et dont les liens desserrés laissaient entrevoir les formes délectables et ô combien féminines. La combinaison de la dentelle, de la masse luxuriante de cheveux châtain aux reflets d'or sombre et de la peau maintenant légèrement hâlée formait un tableau d'une telle beauté qu'il eut du mal à ne pas...

— Tu comptes rester là avec la trousse de secours à la main pendant que je me vide de mon sang ?

Dire qu'il l'avait trouvée timide et transparente...

Cayetano réprima un grondement en voyant les taches de sang sur la manche du déshabillé. Ouvrant le robinet, il lui tint la main sous l'eau froide pour nettoyer grosso modo la plaie et sentit le pouls s'accélérer sous ses doigts.

— Tu ne m'as toujours pas expliqué comment c'était arrivé, dit-il d'une voix sourde.

Trop de scénarios dérangeants défilaient dans son esprit, notamment le pire, celui dans lequel il était peut-être la cause de la blessure.

Non, tout de même pas !

Levant les yeux, il vit l'expression perplexe de Mareka.

— Qu'est-ce qu'il y a ? Pourquoi me regardes-tu ainsi ?

— Tu semblais presque… sur le point de t'évanouir. Tu supportes la vue du sang, j'espère ?

— Oui, ne crains rien.

Lui ouvrant doucement la main, il examina les dégâts et poussa un soupir de soulagement. La coupure n'était pas profonde.

— Ça va piquer, je te préviens, dit-il en versant de l'antiseptique sur un disque de coton. Si tu me racontes ce qui s'est passé, cela t'empêchera peut-être d'avoir mal.

Elle soupira, son souffle chaud lui caressa la joue.

— Franchement, il n'y a pas de quoi en faire un plat. J'essayais d'ôter ma robe de mariée, et j'avais oublié les efforts qu'il avait fallu déployer pour me l'enfiler… À un moment donné, j'ai fait tomber le vase posé là où je suis assise maintenant, et je me suis blessée en voulant ramasser les morceaux de verre.

Sa main fit un petit bond dans la sienne lorsque l'antiseptique entra en contact avec la plaie.

— *Calma*…, murmura-t-il.

Mareka détendit ses épaules et libéra la lèvre qu'elle serrait entre ses dents. Il acheva de nettoyer la plaie et tendit la main vers les compresses. Ses gestes étaient précis et efficaces. En revanche, il n'avait aucune emprise sur l'effet du parfum fleuri sur ses sens, ni sur la réaction de sa libido à la vue des cuisses à la peau lisse.

— Tu aurais pu appeler à l'aide, dit-il d'un ton bourru.

— Appeler qui ? Ton majordome ?

La pique était délibérée. Elle ne l'aurait pas appelé à l'aide, lui. D'autre part, le simple fait d'imaginer son majordome posant les mains sur sa femme...

— Non, pas Manuel, évidemment.

— Tu vois, fit-elle en haussant les épaules.

Dans le mouvement, la manche du déshabillé glissa.

Le désir rugit en lui. Cayetano contempla l'endroit si délicat, entre la base du cou et la naissance de l'épaule, s'autorisa à promener lentement son regard, remonta vers la bouche sensuelle...

Et lorsque le rythme de la respiration de Mareka s'accéléra, s'affola, il s'en félicita, s'en glorifia, parce que c'était bon de savoir qu'elle vivait le même enfer que lui. Du coin de l'œil, il la vit se passer le bout de la langue sur les lèvres, ravivant en lui le souvenir du baiser qui était loin d'avoir assouvi son désir.

— Arrête !

Mareka regretta aussitôt sa réaction. Elle avait été résolue à garder son calme mais Cayetano ne lui facilitait vraiment pas la tâche. Après le choc causé par son apparition, l'inquiétude empreignant ses traits quand il avait vu la plaie, et la douceur avec laquelle il l'avait soignée, elle avait beaucoup de mal à rester de marbre.

— Je suis curieux de savoir de quel péché mortel je vais être accusé cette fois-ci, dit-il avec un petit sourire en coin.

— Tu sais très bien ce que tu fais, soupira-t-elle. Tu fixes ma bouche.

Elle inspira profondément.

— C'est... C'est...

— Excitant ? proposa-t-il, la voix rauque.

À quoi bon le nier ? La preuve était flagrante, son corps la trahissant impitoyablement. Mareka n'aurait su dire qui prit l'initiative, mais ses cuisses s'écartèrent d'elles-mêmes et Cayetano s'installa entre ses jambes. Elle n'avait plus qu'à se pencher pour...

Elle eut un mouvement de recul et se retrouva adossée au miroir.

— Oui ! Et perturbant, OK ? Il n'y a pas de témoins. Alors inutile de faire semblant de me trouver attirante. Tout va bien, maintenant. Tu peux t'en aller.

Cayetano fit le contraire et rapprocha son visage du sien.

— Ah... Tu crois que je ne te trouve pas attirante ?

Son souffle lui caressa l'oreille, faisant courir une myriade de frissons sur sa peau.

— Tu crois que je ne bande pas comme un fou en ce moment, alors que j'imagine mille façons de te déshabiller, avant de te prendre sur le lit qui se trouve à deux pas ?

Mareka cessa de respirer, puis son cœur se mit à battre à un rythme sauvage.

— Que... Quoi ? Non...

Il sourit mais sans plus aucune trace d'humour. Ses yeux verts brillaient d'un éclat farouche.

— Tu as l'air choquée, *querida*. Pourquoi donc ?

— Parce que je ne suis pas stupide. Je sais que je ne suis pas ton type.

Lorsque, du bout du doigt, il lui caressa les lèvres, elle secoua la tête, agacée par la facilité avec laquelle il l'embrasait d'une seule caresse.

— Là, maintenant, tu es la seule femme que je vois. La seule que je désire.

D'autres qu'elle se seraient délectées d'entendre ces paroles. Or Mareka savait pertinemment que cette déclaration n'avait de valeur que là, maintenant, comme Cayetano venait de le dire. Le reste du temps, elle était interchangeable. Elle secoua de nouveau la tête, davantage pour clarifier ses pensées que pour autre chose.

Son hochement de tête fit glisser le doigt sur ses lèvres...

Ce fut plus fort qu'elle, Mareka lui lécha le doigt. Il inspira et lui posa la main sur la joue, la referma sur sa nuque et l'attira vers lui.

— Je te désire comme un fou, chuchota-t-il.

— Non, ce n'est pas vrai. C'est impossible.

Le rire qui s'échappa des lèvres de Cayetano fut si sensuel, si érotique, qu'elle fondit tout entière. Son sexe frémit, palpita.

— C'est une provocation ? chuchota-t-il contre sa bouche. Dois-je te prouver à quel point tu te trompes, *querida* ?

Mareka réussit à retenir le « oui » qui lui brûlait les lèvres. Mais ne put se résoudre à le remplacer par un « non ».

— C'est absurde, finit-elle par répondre.

Le visage de Cayetano se crispa brièvement, puis un petit sourire énigmatique se dessina sur ses lèvres.

— Nous sommes tous les deux d'accord sur ce point.

— Ces deux semaines ont été... intéressantes.

— Assurément, et nous sommes peut-être maintenant en mesure de profiter de la situation.

Sa voix caressante intensifia la chaleur qui l'enveloppait, mais Mareka refusa de capituler.

— Tu ne m'appartiens pas, dit-elle avec effort. Et je ne t'appartiens pas.

— Exact. Mais nous pouvons nous prêter l'un à l'autre le temps d'une nuit. Le temps que durera cette folie.

« Le temps que durera cette folie... »

La proposition était si tentante. Comme il venait de le dire, ces instants auraient une durée limitée, mais elle n'en ressortirait pas le cœur en miettes. Car il s'agirait d'un épisode purement physique, charnel, destiné à les satisfaire tous les deux...

Cayetano lui agrippa les cheveux, l'obligeant à le regarder dans les yeux.

— Tu réfléchis trop, dit-il de cette voix cajoleuse qui la faisait trembler partout.

— Tu trouves ? De mon côté, je suis sûre à cent pour cent que ce n'est pas ce dont nous étions convenus.

Ses narines frémirent.

— Peut-être pas. Mais il y a deux semaines, nous pensions pouvoir résister à l'attirance qui nous pousse l'un vers l'autre. Si j'avais su que cela s'avérerait impossible, je l'aurais fait ajouter en caractères minuscules au bas du contrat.

Mareka voulut secouer la tête, mais il ne lui en laissa pas l'opportunité. Il y avait quelque chose de follement érotique dans la façon dont il la tenait par les cheveux, dans la proximité de leurs deux corps. Ses mamelons se durcirent, la chaleur l'envahit tout entière. Incapable de résister plus longtemps, elle lui referma les jambes autour de la taille.

Un grondement sourd franchit les lèvres de Cayetano. Il baissa les yeux sur ses seins et laissa échapper une plainte en pressant la puissante érection contre son sexe.

— Tu me désires autant que je te désire, *tesoro*.

Pour toute réponse, elle rapprocha le visage du sien et lui offrit sa bouche.

La chaleur et le désir les consumaient tous les deux avec la même force, et lorsque la langue de Cayetano se glissa entre ses lèvres, Mareka l'accueillit sans plus de résistance. Leurs langues s'enlacèrent. Il dévorait sa bouche, avec une avidité presque décadente à laquelle elle répondait sans retenue. Des halètements leur échappaient tandis qu'ils échangeaient des caresses de plus en plus osées, de plus en plus enivrantes.

Cayetano interrompit soudain le baiser et, le souffle court, appuya le front contre le sien.

— Je veux sentir tes mains sur moi.

C'était un ordre, lancé d'une voix rauque trahissant l'intensité de son désir. Réalisant qu'elle avait les bras ballants, Mareka leva les mains et les referma sur ses reins pour le serrer encore plus étroitement contre elle.

Le gémissement qui lui répondit l'encouragea à explorer le torse musclé, avant de remonter jusqu'à la nuque chaude et d'y enfoncer les ongles.

— *Sí*, murmura Cayetano. Comme ça…

Allait-elle vraiment céder au désir ? Renoncer à toute prudence ?

C'était leur nuit de noces…

Ce qu'ils vivaient maintenant n'avait rien de conventionnel, cela ne ressemblait en rien à ce qu'elle avait imaginé dans les instants où elle se laissait aller aux fantasmes les plus fous, mais…

Mareka frissonna lorsqu'il referma la main sur un sein, puis en titilla la pointe ultra-sensible. La chaleur se répandit entre ses cuisses, exacerbant son désir.

— Dis-moi que tu me désires, *querida*, ordonna-t-il d'une voix rauque.

— Oui. Je te désire, chuchota-t-elle.

Sa main s'aventura en dessous de la ceinture et, gagnée par une audace inconnue, Mareka prit la puissante érection entre ses doigts en retenant son souffle.

— *Dios mío* ! Pas ici. Je veux te voir, sentir ta peau contre la mienne…

Sans plus attendre, son amant la souleva de la table de toilette tandis qu'elle resserrait les jambes autour des hanches étroites, mettant son sexe en contact avec la formidable érection. Ils poussèrent tous les deux une plainte. Cayetano ferma les yeux un bref instant, avant de les rouvrir et de darder son regard brûlant sur elle.

Le crissement du verre brisé sous les semelles des mocassins cousus main rappela à Mareka la raison pour laquelle ils avaient échoué là. Mais toute pensée rationnelle déserta bientôt son esprit. Et lorsque le déshabillé lui glissa des épaules, quelque part entre la salle de bains et la chambre de Cayetano, elle ne tenta pas de le retenir.

Il poussa la porte d'un coup de pied et l'étendit sur le lit immense, vêtue du seul body en dentelle que, dans un moment d'audace, elle avait choisi de porter sous sa robe.

Sans plus se poser de questions, elle releva les bras au-dessus de la tête. Cayetano s'immobilisa, une main sur le lit, l'autre sur le troisième bouton de sa chemise, et la contempla, manifestement très excité et comme... prêt à la dévorer toute crue.

Le regard brûlant descendit sur son corps, s'attarda sur le haut de ses cuisses.

— Remonte les genoux.

Mareka n'obéit pas immédiatement. Elle souhaitait voir les réactions de Cayetano, voir son désir se doubler d'impatience. C'était prendre un risque, certes, mais elle aurait été prête à tout pour le voir perdre le contrôle. Aussi resta-t-elle immobile en soutenant son regard, jusqu'à ce que les yeux verts s'assombrissent et deviennent presque noirs.

— Le désir te rend bien téméraire, dit-il lentement.

— C'est possible.

Il se redressa d'un mouvement brusque et se débarrassa de sa chemise en un tournemain. La vue de son torse nu, des muscles jouant sous la peau dorée, avait quelque chose de grisant. À tel point que Mareka remonta les genoux sans plus attendre, prête à lui donner tout ce qu'il désirait.

Un sourire follement sexy aux lèvres, il posa la main sur sa ceinture.

Se prenant au jeu, elle creusa les reins et écarta les cuisses.

Cayetano inspira, il ouvrit sa braguette, avant de renoncer à se déshabiller. Lui empoignant les genoux, il fixa le sexe de Mareka protégé par la fine couche de dentelle et murmura quelque chose en espagnol, la faisant gémir sans pudeur tant elle était excitée.

L'instant d'après, il s'agenouilla au pied du lit, lui prit les chevilles et la tira vers lui. Puis, les yeux étincelants, il écarta la dentelle et l'embrassa, là, à l'endroit le plus intime de son corps. Mareka poussa un cri et s'agrippa aux larges épaules.

Il redressa la tête et scruta son visage.

— C'est bon, *querida* ?

— Tu connais la réponse, chuchota-t-elle.

Un rire profond et sensuel jaillit des lèvres de Cayetano.

— Pourquoi ces quelques mots résonnent-ils comme une nouvelle accusation ?

Ensuite il pencha de nouveau la tête et reprit sa délicieuse exploration, jusqu'à ce que Mareka bascule dans la volupté en poussant des cris entrecoupés de halètements.

Quand elle redescendit sur terre, il était penché au-dessus d'elle.

— Alors ?

— Ne fais pas comme si tu ne le savais pas. Tu es particulièrement doué...

Une ombre passa sur les traits de Cayetano.

— Pour ça, peut-être. Mais pas pour tout.

— Pour quoi ne l'es-tu pas, par exemple ?

Durant le silence qui s'ensuivit, Mareka se demanda si elle allait trop loin. Et si elle ne risquait pas d'en faire les frais.

— Rien qu'une faiblesse, insista-t-elle néanmoins. Un petit défaut.

Les narines de Cayetano frémirent.

— Et pourquoi satisferais-je ta curiosité ?

— Juste pour que je sache que tu es humain.

Il la contempla durant un long moment tandis qu'elle retenait son souffle. Elle avait besoin de savoir ce qui le faisait vibrer, ce qui l'effrayait et ce qui le rendait heureux.

Elle voulait le connaître au plus intime de son être, réalisa Mareka.

Non... Ça aurait été une erreur phénoménale...

— Ce que je te fais ne te paraît pas suffisamment humain ? demanda-t-il soudain, la voix rauque de désir.

Sans lui laisser le temps de répondre, il la pénétra d'un vigoureux coup de reins qui arracha un cri de volupté à Mareka.

— Réponds-moi, gronda-t-il à son oreille.

— Si ! Très humain..., haleta-t-elle en soulevant les hanches pour mieux accueillir un nouveau coup de reins.

— Répète.

— Seulement si tu recommences.

Un sourire féroce se dessina sur les lèvres de son amant.

— Même maintenant, tu luttes et tu résistes.

Il se retira et s'enfonça au plus profond.

— C'est ça que tu veux ?

— Oui !

Mareka haletait sans retenue, le plaisir montait inexorablement en elle, presque insoutenable.

— Encore, je t'en supplie. Encore !

Il murmura quelque chose en espagnol contre sa peau et instaura un rythme sauvage, mais elle était déjà trop égarée dans le plaisir pour comprendre quoi que ce soit. Chaque nouveau coup rein l'emportait plus haut, vers un sommet qu'elle redoutait et brûlait d'atteindre.

Brusquement, Mareka réalisa qu'il l'observait, qu'il s'abreuvait de la moindre de ses réactions. Mais cette fois, elle s'en glorifia au lieu d'en être irritée et lui offrit ses lèvres.

— Embrasse-moi.

Il l'embrassa et elle lui répondit avec fièvre. Le désir la consumait tout entière. Et soudain, elle comprit que lorsqu'il en aurait terminé avec elle, ou bien elle renaîtrait de ses cendres, ou bien il ne resterait plus rien d'elle.

Au même instant, elle atteignit le sommet et s'abîma dans l'extase en poussant un cri qui monta du tréfonds de son être. Puis, épuisée, elle retomba sur le lit et sombra aussitôt dans le sommeil.

8

Mareka fut réveillée par un délicieux arôme de café... et se redressa brusquement sur son séant, paniquée.

Cayetano n'était plus là.

Tournant les yeux vers le réveil posé sur la table de chevet, elle comprit pourquoi : il était presque 10 heures !

Elle descendit du lit et s'immobilisa, les jambes tremblantes.

Mon Dieu. Elle avait couché avec Cayetano. Son patron, son mari. Cela signifiait-il que leur contrat était désormais nul et non avenu ?

Et les questions qu'elle lui avait posées... Les choses qu'elle lui avait demandé de lui faire... La façon dont, après qu'il l'eut réveillée d'un baiser au beau milieu de la nuit, elle l'avait chevauché hardiment. Sauvagement.

Leur seconde étreinte avait été encore plus torride que la première.

Mais à présent, la créature intrépide et fougueuse avait disparu, laissant Mareka seule avec elle-même. Comment avait-elle pu oublier ainsi toute prudence ? Se donner corps et âme à Cayetano ?

En outre, elle avait mal partout, constata-t-elle en s'avançant vers la porte qui devait être celle de la salle de bains. Et le déshabillé et le body s'étaient volatilisés, ainsi que les vêtements de Cayetano.

Au lieu d'une salle de bains, ce fut un immense dressing qu'elle découvrit en ouvrant la porte. Médusée, elle contempla les rangées de costumes coupés sur mesure et de chemises d'un côté, les vêtements décontractés de l'autre. En revanche, ni serviette ni peignoir pour couvrir sa nudité.

Mareka saisit la première chemise se trouvant à sa portée, blanche, en coton aussi doux que de la soie. Le fait de savoir que cette chemise appartenait à Cayetano, qu'il l'avait portée ou la porterait sur sa peau ne fit que raviver le désir malvenu qui sommeillait en elle.

Elle l'enfila et, se sentant un peu plus décente, sortit du dressing au moment où son mari apparaissait sur le seuil de la terrasse attenante à la chambre. Il s'arrêta net et promena lentement son regard sur elle, s'attarda sur ses jambes nues avant de remonter sur la chemise blanche puis sur son visage.

— Tu es réveillée.

La couleur lui monta aux joues. Des images brûlantes défilèrent dans son esprit. Les battements de son cœur s'accélérèrent.

— Tu aurais dû me réveiller plus tôt, répliqua-t-elle, la voix rauque.

— Hum, peut-être, murmura-t-il en s'avançant dans la pièce.

Il s'arrêta à un mètre d'elle. Ils avaient fait l'amour avec passion, mêlé leurs corps de la façon la plus intime qui soit, et maintenant, il hésitait à l'approcher. Mareka n'avait pas pensé que leur intimité pourrait durer au-delà de la nuit, bien sûr, mais, paradoxalement, le fait qu'il ne le souhaite pas non plus la blessait.

Mais elle allait s'en remettre. Elle se dit même qu'elle était soulagée lorsque Cayetano recula d'un pas avant de se détourner, non sans avoir scruté à nouveau ses traits.

— Le petit déjeuner est servi. Viens.

— Je... Où est la salle de bains ?

Il se retourna et indiqua une direction d'un geste du menton.

— Par là. Je t'attends sur la terrasse.

Mareka hocha la tête et traversa rapidement la chambre. Une fois arrivée dans la salle de bains, elle fit un brin de toilette puis leva les yeux vers le miroir et fut choquée par la vue de ses cheveux ébouriffés, de ses lèvres gonflées, de ses yeux brillants…

Après s'être aspergé le visage d'eau froide, elle redressa les épaules puis, se sentant à peu près capable de rejoindre Cayetano, elle sortit de la salle de bains.

Au moment où elle traversait la chambre, elle l'entendit parler. La conversation était tendue, et bien que Mareka ne comprenne que quelques mots d'espagnol, son ventre se noua et une vive douleur lui traversa la poitrine. Elle était jalouse, reconnut-elle en s'arrêtant sur le seuil de la terrasse. Férocement jalouse de celle qui occupait toutes les pensées de Cayetano : son entreprise.

Cette jalousie était absurde, mesquine, mais Mareka ne put la contrôler. Elle inspira profondément et se força à avancer.

La vue de Cayetano torse nu, le téléphone collé à l'oreille, l'autre main enfoncée dans sa poche, la fit hésiter. Elle s'immobilisa, le cœur battant à tout rompre, lorsqu'il se retourna soudain et hurla quelque chose dans le téléphone avant de mettre fin à l'appel. Pétrifiée, elle le regarda se diriger à grands pas vers elle.

Il s'arrêta de nouveau à un mètre d'elle et la regarda en plissant les yeux.

— Qu'est-ce qu'il y a ? demanda Mareka.

— Tu t'es réveillée dans un lit où tu as dormi de bon gré, *querida*. Par conséquent, tu n'as aucune raison de te plaindre.

Ça alors… Elle n'avait jamais cru être une énigme aux yeux d'autrui, mais elle n'aurait jamais pensé être aussi transparente.

Après l'avoir dévisagée un moment en silence, Cayetano baissa les yeux sur le téléphone qu'il tenait dans sa main.

— Ah, je vois.

Il fit signe à Mareka de s'asseoir. Les lèvres pincées, elle passa à côté de lui et s'assit. Il se pencha alors vers elle et lui murmura à l'oreille :

— C'est le moment où l'on sort ses griffes et où l'on pose des ultimatums ?

— Je ne sais pas de quoi tu parles, répliqua-t-elle, crispée.

Laissant tomber son téléphone sur la table, il s'assit à son tour, souleva la cafetière et lui versa une tasse de café noir comme si tout allait pour le mieux dans le meilleur des mondes. Peut-être le pensait-il. Au fond, c'était elle qui se trouvait en proie à une confusion et un embarras sans nom.

— Mes paroles vont se retourner contre moi, c'est cela ? lâcha-t-il en poussant le pichet de lait vers elle.

— Cayetano, je ne...

Il l'interrompit d'un geste de la main.

— C'est moi qui ai... introduit une légère modification dans notre arrangement. Et maintenant, tu vas en profiter pour poser quelques exigences... Je me trompe ?

Le ton neutre avec lequel il s'exprimait contrastait étrangement avec le mélange de cynisme et de déception qui se lisait dans ses yeux.

Il ne manquait pas de toupet !

Se forçant à soutenir son regard, Mareka afficha un sourire qu'elle espéra désinvolte.

— Je comprends qu'un homme qui ne vit que par et pour des transactions excitantes réagisse comme tu le fais. Mais en ce qui me concerne, tu te trompes complètement.

L'éclat surpris qui traversa le regard de Cayetano fut vite remplacé par le cynisme qui s'y lisait un instant plus tôt.

— Ne joue pas à ce petit jeu avec moi, *querida*, répliqua-t-il d'un ton mordant. J'en sors gagnant à tous les coups... Tu devrais bien le savoir, non ?

— Le genre de petit jeu auquel tu sembles faire allusion ne m'intéresse pas plus que toi, rétorqua Mareka du tac au tac. Si je comprends bien, tu crains que je pose des exigences extravagantes juste parce que nous avons couché ensemble ? Eh bien, rassure-toi, je ne veux rien de toi hormis ce sur quoi nous nous sommes mis d'accord avant le mariage. Alors, si tu le permets, j'ai une suggestion à te faire : oublie ce qui s'est passé la nuit dernière. Et continuons comme prévu au départ.

Il l'avait écoutée sans ciller, le visage figé. Le petit muscle tressaillit sur sa mâchoire, puis une lueur dure, presque menaçante, traversa les magnifiques yeux verts.

— Tu es sérieuse.

— Pourquoi ne le serais-je pas ? riposta-t-elle.

Avant d'éclater d'un rire qui était loin de traduire la tension qui lui étreignait la gorge.

— Écoute, tu as sans aucun doute l'habitude de fréquenter des femmes qui te flattent servilement avant et après le sexe, qui te supplient de renouveler tes prouesses. Eh bien, heureusement pour nous deux, je ne fais pas partie de ces…

La sonnerie du téléphone de Cayetano l'interrompit. Mais il ne bougea pas.

— Tu ne réponds pas ? fit-elle, les mâchoires serrées.

— Non.

Mareka détourna les yeux et se servit des œufs brouillés, prit un croissant et une coupelle de fruits frais.

— Ne fais pas attention à moi, dit-elle d'un ton guindé. Mange, je t'en prie.

Du coin de l'œil elle le vit pincer les lèvres puis, d'un geste brusque, rejeter l'appel et repousser l'appareil.

— Pourquoi n'as-tu pas répondu ? demanda-t-elle avant de glisser un morceau de melon entre ses lèvres.

— Parce que je ne souhaite pas parler à mes parents, déclara-t-il sèchement. Surtout pas aujourd'hui. Et aussi parce que je ne veux pas interrompre notre discussion.

— Ah ? fit-elle avec une petite moue qui déplut manifestement à son mari. Je croyais que nous avions terminé.

— Non, Mareka. Tu viens de me faire comprendre que la nuit passée ne représentait pas grand-chose pour toi. Mais je sais que tu mens. Ton inexpérience t'a trahie.

Elle faillit s'étrangler. Et en plus, elle remarqua le petit sourire en coin de Cayetano. Il versa de l'eau dans un verre et le posa devant elle. Mareka n'y toucha pas.

— Pardon ? répliqua-t-elle d'un ton faussement détaché.

— Même si tu n'avais pas partagé mon lit cette nuit, je savais déjà que tu n'avais eu que deux liaisons dignes de ce nom.

— Quoi ? Tu as fait enquêter sur moi ?

— Cela te surprend ? Ne vantais-tu pas la fiabilité de mon entreprise encore tout récemment ?

— Mais c'est… c'est…

Il haussa un sourcil.

— Oui ?

Mareka reposa sa fourchette. Elle avait perdu l'appétit.

— Je suis peut-être inexpérimentée, mais je ne souhaite pas répéter ce qui s'est passé cette nuit, insista-t-elle.

Mensonge. Elle brûlait de recommencer.

— Tu me désirais la nuit dernière et tu me désires maintenant. Je pourrais sans problème te rafraîchir la mémoire.

Elle déglutit, décontenancée par la certitude colorant la voix de celui qui avait été son amant.

— Ce ne sera pas la peine, dit-elle en secouant la tête.

— Pourquoi ? Parce que tu me sens encore en toi, *querida* ?

Un frisson délicieux la traversa. Elle agrippa le bord de la table.

— Cela ne t'a pas traversé l'esprit qu'il vaudrait mieux pour toi, et pour moi, ne pas renouveler l'expérience ?

Le visage de Cayetano se rembrunit.

— Qu'avais-tu dit, déjà ? poursuivit Mareka. Que j'aurais tort de développer des sentiments pour toi ?

Elle essaya de rire mais en pure perte.

— Tu es complètement à côté de la plaque, reprit-elle. Mais puisque tu te crois manifestement irrésistible, pourquoi prendrais-tu le risque de susciter… ne serait-ce qu'un engouement passager, alors que tu peux ranger ce bref épisode dans la case appropriée ?

— Et quel nom donnerais-tu à cette case ?

— Égarement de nuit de noces ? Assouvissement d'une

pulsion ? Nous sommes adultes tous les deux. Nous n'avons pas besoin de mettre une étiquette sur ce que nous avons partagé.

Les lèvres pincées, il tourna les yeux et contempla les jardins durant quelques instants avant de reporter son attention sur Mareka.

— Tu le penses vraiment ? Ou s'agit-il plutôt d'un stratagème visant à te protéger, en attendant d'être prête à admettre ton vrai sentiment sur la question ?

Sentant vaciller son assurance, elle se leva, consciente de porter en tout et pour tout une chemise – sa chemise.

— Oui, je le pense vraiment.

Par chance, le téléphone de Cayetano se remit à sonner.

— Tu devrais répondre à tes parents. À moins qu'il s'agisse d'un appel professionnel ? Tu n'as pas fait circuler de mémo disant que tu partais en voyage de noces, je suppose ?

— Tu es bien placée pour savoir que je n'ai pas d'horaires fixes. Mon mariage temporaire ne changera rien à cela.

Le rappel de la nature provisoire de leur arrangement l'atteignit en plein cœur. Quant au téléphone, il sonnait toujours.

— Très bien, je te laisse à tes affaires, alors.

Mareka se dirigea vers la porte-fenêtre, le dos et les épaules raides.

Elle ne s'effondrerait pas.

Mais, longtemps après avoir regagné sa suite, ôté la chemise si douce et être entrée dans la salle de bains où ne traînait plus le moindre bris de verre, longtemps après avoir pris une longue douche pour se débarrasser de tout vestige de sa nuit de débauche, le nœud resta bloqué dans sa poitrine.

Quand elle fut un peu rassérénée, Mareka choisit dans sa toute nouvelle garde-robe une robe longue à dos nu d'un magnifique vert émeraude – non, pas du tout parce qu'il lui rappelait la teinte des yeux de Cayetano. Puis elle se noua les cheveux en queue-de-cheval, se passa de l'écran solaire sur les bras et le visage, et appliqua une touche de gloss transparent sur ses lèvres.

Apercevant la chemise de Cayetano sur le lit, elle la souleva et se dirigea vers la porte. Pas question de la garder.

Mais une fois arrivée à proximité de la suite de Cayetano, Mareka hésita. Ne devrait-elle pas plutôt la confier à une employée ? Mais… si elle rougissait comme une idiote ? Agacée, elle frappa à la porte, attendit une minute puis, n'obtenant pas de réponse, tourna la poignée. S'il était encore sur la terrasse, il ne l'entendrait probablement pas.

La chambre était déserte, aucun bruit ne provenait de la terrasse. Il devait déjà être dans son bureau. Le lendemain de son mariage.

Quelle idiote ! Elle croyait aux miracles, maintenant ? Elle secoua la tête et s'avança vers le dressing, avant de se figer en entendant une porte s'ouvrir derrière elle.

— Excuse-moi…

Mareka se retourna et resta un instant sans voix.

— Je croyais que tu…

— Oui ? fit-il, immobile à quelques mètres d'elle.

Comme à son habitude, il promena lentement son regard sur elle tandis qu'elle s'efforçait de ne pas réagir à la vue de ce corps superbe complètement nu. Il sortait de la douche…

Cayetano baissa les yeux sur la chemise qu'elle serrait entre ses doigts.

— Que fais-tu, exactement ? demanda-t-il.

Elle s'interdit de laisser descendre son regard plus bas que le cou.

— Je te rapporte ta chemise.

— Garde-la.

— Pourquoi ? Je n'en ai plus besoin.

— J'en ai trois douzaines. Je préférerais ne pas devenir obsédé par celle-ci parce que tu l'as portée, dit-il, pince-sans-rire.

Ces paroles firent naître un frisson au creux de ses reins.

Cayetano franchit l'espace qui les séparait et lui souleva le menton pour la forcer à soutenir son regard.

— Je ne suis pas d'humeur à me disputer avec toi, *querida*. D'autant moins que j'ai pris un jour de congé pour me consacrer à toi.

Mareka écarquilla les yeux.

— Tu as... ?

— Incroyable, je sais, fit-il avec un sourire sardonique.

Une joie indicible l'envahit, qu'elle refoula aussitôt.

— Ce n'était pas la peine.

— Trop tard. C'est fait.

Il baissa les yeux sur sa robe.

— En revanche, tu vas devoir ôter cette robe ravissante.

— Pourquoi ? Qu'allons-nous faire ?

— J'ai pensé que nous pourrions commencer par les écuries. Il y a là quelques chevaux qui sont impatients de me retrouver. Je les ai négligés trop longtemps. Tu es déjà montée à cheval ?

Le nœud se desserra comme par magie.

— J'ai pris des leçons d'équitation un été, il y a longtemps, j'étais adolescente.

— Tu n'es pas tout à fait une débutante, alors.

Il baissa de nouveau les yeux sur sa chemise, puis secoua brièvement la tête.

— On se retrouve en bas dans dix minutes.

9

Si elle avait accepté de l'accompagner, c'était uniquement parce qu'elle ne savait pas quoi faire de sa journée, se dit Mareka en regagnant sa chambre.

En outre, un peu d'activité en plein air lui changerait les idées et l'empêcherait de tourner et retourner dans sa tête les choses auxquelles elle ne voulait pas penser. Et puisque Cayetano, qui ne s'arrêtait jamais, avait pris un jour de congé…

Refusant de réfléchir davantage, elle entra dans sa suite et se dirigea droit vers le dressing. Là, elle trouva cinq pantalons d'équitation avec hauts assortis et tendit automatiquement la main vers l'ensemble vert mousse. Et alors ? Si elle avait envie de porter du vert aujourd'hui ? Après s'être changée en un éclair, elle saisit la chemise posée sur l'îlot central du dressing, la roula en boule et la fourra au fond d'un tiroir.

Ensuite, elle jeta un dernier regard à son reflet dans le haut miroir et quitta sa suite.

Quand elle entra dans le salon, son regard fut attiré par la magnifique peinture aux teintes vibrantes accrochée au-dessus de l'immense cheminée. Puis elle contempla les meubles de style contemporain aux courbes audacieuses, les épais tapis couleur ivoire… Le luxe et le raffinement de la pièce reflétaient la personnalité du propriétaire des lieux, songea Mareka. Ou du moins, ils correspondaient à l'image qu'elle se faisait de lui.

Elle venait de s'asseoir dans un profond fauteuil en cuir beige des plus moelleux quand il apparut sur le seuil, vêtu tout en blanc, à l'exception de la ceinture et des bottes noires. Il était… sublime. Les cheveux encore humides étaient peignés en arrière, le polo faisait ressortir la large carrure et le torse puissant, le pantalon mettait en valeur les hanches étroites et les cuisses musclées…

Il s'arrêta devant elle et se pencha.

— Commençons par le commencement.

Son cœur fit un petit bond dans sa poitrine. Mais Cayetano se contenta de lui prendre la main, avant de la soulever et d'examiner le pansement toujours en place.

— Ça va mieux ? murmura-t-il.

— Oui… Beaucoup mieux.

Au même instant, le majordome – qui avait décidément le don de surgir à brûle-pourpoint – arriva avec la trousse de secours et la tendit à Cayetano. Cinq minutes plus tard, celui-ci avait changé le pansement avec une douceur et une délicatesse tendant à prouver qu'il n'était pas aussi froid et insensible qu'il voulait le faire croire.

Profondément ébranlée par cette pensée – et s'interdisant d'en déduire des choses qui n'existaient que dans sa tête –, Mareka s'avança bientôt avec lui vers le véhicule électrique tout-terrain garé au bas des marches.

— Tout va bien ? demanda Cayetano après avoir démarré.

Sa voix grave la fit sursauter.

— Mais oui. Pourquoi me poses-tu cette question ?

— Parce que tu as dit que tu voulais profiter de cette journée et que tu as l'air bien pensive.

Il baissa les yeux sur son poignet.

— Je ne t'ai pas fait mal, au moins ?

Et voilà, elle fondait comme une idiote…

— Non, pas du tout. Ne t'inquiète pas, répliqua Mareka à la hâte.

Après avoir roulé une dizaine de minutes, ils arrivèrent à proximité d'un long bâtiment de bois, d'où émanait l'odeur typique des écuries. Cayetano se gara devant les larges portes de ce qui ressemblait à une grange.

Trois palefreniers en sortirent et les accueillirent avec un sourire respectueux, tout en regardant Mareka sans dissimuler leur curiosité. Un homme plus âgé aux cheveux poivre et sel apparut à son tour et serra la main de Cayetano.

— Je te présente Andrés, dit celui-ci en se tournant vers elle. Le maître de mes écuries.

Un petit sourire fendit le visage à la peau tannée.

— *Bienvenida, señora*, dit-il d'une voix rocailleuse.

Mareka lui serra la main et lui sourit.

— *Gracias*.

Cayetano la regarda, manifestement heureux qu'elle s'essaie à l'espagnol, puis lui posa la main sur les reins et l'entraîna à l'intérieur des écuries.

Son attitude était entièrement due au fait qu'ils se trouvaient en public, se répéta-t-elle. Et pourtant, elle ne put s'empêcher de savourer la sensation provoquée par la main chaude posée sur ses reins, et de s'appuyer contre lui. À en juger par le regard brûlant dont Cayetano la gratifia, son abandon ne lui avait pas échappé. Tout en continuant d'avancer, il laissa descendre sa main sur sa fesse, avant de l'écarter aussitôt.

Un petit halètement échappa à Mareka. Son corps s'embrasa. Le pouls lui battit les tempes. Elle était si troublée qu'elle ne comprit pas ce qu'il lui dit quand ils s'arrêtèrent devant la porte d'un box dont le panneau du haut était ouvert. Mais elle le devina en voyant un superbe cheval à la robe lustrée couleur caramel et aux yeux d'un beau brun velouté. Le cheval la regarda entrer dans le box d'un air méfiant mais la laissa s'approcher. Cayetano sortit alors un morceau de pomme de nulle part et le tendit à Mareka.

— Tu as devant toi la jument la plus calme des écuries. En revanche, elle peut se montrer très exigeante, ajouta-t-il, pince-sans-rire.

Dès qu'elle eut mangé le morceau de pomme, la jument donna un petit coup de museau dans le bras de Mareka.

— Elle est très belle. Comment s'appelle-t-elle ?

— Caramelo. Pas très original mais approprié, n'est-ce pas ? répondit-il en caressant l'encolure de la jument.

Il se tourna vers Mareka.

— Tu es prête ?

— Je crois...

D'un signe de tête, il demanda à Andrés d'ouvrir la porte et de sortir la jument, puis il se dirigea vers un box situé un peu plus loin. Une minute après, il en fit sortir un étalon noir qui les regarda de ses yeux sombres avant de rejeter fièrement la tête en arrière.

Cayetano monta en selle avec une grâce virile qui raviva le désir de Mareka. Se forçant à se concentrer sur sa propre monture, elle laissa Andrés l'aider à monter à son tour en selle. Il lui fallut trois minutes pour se réhabituer à la posture, mais ses muscles ne l'avaient pas oubliée, heureusement, si bien qu'ils escaladèrent bientôt une colline peu escarpée avant de voir tout le domaine s'étaler devant leurs yeux.

Ils chevauchèrent côte à côte en silence durant un bon quart d'heure avant que la vue soit obscurcie par de hauts cyprès.

— C'est beau, murmura Mareka.

— *Sí*, acquiesça Cayetano. Je l'oublie parfois.

Elle le regarda, surprise d'entendre une pointe de nostalgie dans sa voix.

— Parce que tu prends trop rarement le temps de profiter des fruits de ton travail ? Nous faisons tous les deux des choses qui nous amènent à sortir de nos cadres habituels, ajouta-t-elle sans réfléchir.

— Peut-être, dit-il avec un haussement d'épaules. Mais nous y retournerons bientôt.

Ces mots avaient été prononcés avec une telle autorité que

Mareka se rebiffa intérieurement et eut du mal à résister au désir stupide de le défier.

— On fulmine, *querida* ? fit-il en l'observant du coin de l'œil.

Elle inspira à fond et secoua la tête.

— Non. Pas du tout. J'ai décidé que la journée était trop belle pour la gâcher en me disputant avec toi.

Quand il tourna de nouveau la tête vers elle, Mareka vit une lueur indéchiffrable traverser fugacement son regard.

— Sage décision, dit-il avec un haussement d'épaules.

Il avait pris un jour de congé.

En vérité, Cayetano ne se reconnaissait pas et ne parvenait pas encore à y croire. Octavia avait paru tout aussi choquée lorsqu'il lui avait demandé – ce qui ne lui était encore jamais arrivé – d'annuler tous les rendez-vous prévus pour les prochaines vingt-quatre heures. Elle en était restée sans voix – ce qui ne lui était probablement jamais arrivé non plus. Il s'était surpassé en la priant de ne pas chercher à le contacter durant ces mêmes vingt-quatre heures. Sauf événement extraordinaire, bien entendu. Dans ce cas, elle devrait passer par son fidèle majordome.

Le fait de savoir que personne ne pourrait le joindre lui procurait un soulagement auquel il ne s'attendait pas. Et, non, il ne s'appesantirait pas sur le fait que sa mère et son père avaient oublié que ce jour était spécial. En ne leur parlant pas, il ne risquait pas de laisser transparaître que, même après toutes ces années, il était encore blessé de voir qu'ils l'avaient oublié. Comme ils avaient oublié tant d'autres événements importants.

Cayetano avait pris un jour de congé et éprouvé une satisfaction singulière en éteignant son téléphone pour la première fois depuis… Il ne se souvenait même pas depuis combien de temps, bon sang.

Après avoir pris cette décision, il s'était infligé une douche froide en espérant que cela lui remettrait les idées en place. Que l'eau glacée effacerait le désir qui le consumait en permanence. Mais non. À chaque inspiration, il cherchait malgré lui à retrouver les effluves de son parfum fleuri ; à chaque ruissellement de l'eau sur son corps, ses caresses lui manquaient.

Il n'avait jamais dépendu de rien ni de personne. Et pourtant, en sortant de sa salle de bains ce matin, il avait craint d'avoir développé pour sa jeune épouse une inclination qui ne disparaîtrait pas du jour au lendemain.

Impossible de se cacher plus longtemps que Mareka le surprenait sans cesse. Elle le fascinait. Pas parce qu'elle avait découvert le plaisir avec lui. Car elle l'avait bel et bien découvert dans son lit. Cayetano l'avait compris à la façon dont elle avait crié, dont elle avait enfoncé les ongles dans sa chair, l'avait supplié de la faire jouir. *Dios mío*, il bandait rien que d'y repenser. Depuis quand se laissait-il gouverner par sa libido ?

Il fit claquer sa langue et son cheval accéléra le pas pour rattraper la jument.

— Tu es contente de ta monture ?

Les joues claires s'empourprèrent.

— Elle est merveilleuse, dit Mareka en caressant l'encolure de la jument. Et ça sent délicieusement bon, ici.

— Oui, répondit-il en refoulant les souvenirs qui affluaient dans son esprit.

Mieux valait revenir à des préoccupations plus terre à terre.

— Tu as faim ? demanda-t-il d'un ton neutre.

— Oui, un peu, répondit-elle sur le même ton. Mais je peux tenir jusqu'au déjeuner.

Apercevant un employé en train de réparer un poteau, il lui fit signe d'approcher.

— Que lui as-tu dit ? demanda Mareka lorsque le jeune homme s'éloigna rapidement.

— De faire en sorte que ma femme ne meure pas de faim.

Elle devint franchement écarlate.

— Oh ! tu n'aurais pas dû... Je...

— Ne t'inquiète pas. Je n'ai fait qu'avancer un peu l'heure du repas. Pause pique-nique dans dix minutes.

— Mareka ?

Elle sursauta puis réalisa que Cayetano était descendu de cheval et l'observait d'un air songeur.

— Oui ?

Il passa les rênes autour de la branche d'un arbre et se dirigea vers elle.

— Je viens de te dire que nous nous arrêtions ici.

— Ah. D'accord.

Après l'avoir dévisagée un instant en silence, il leva les bras. Son cœur fit le petit bond désormais familier. Elle contempla le sol et se demanda si elle serait capable de sauter à terre sans son aide.

— Tu t'es déjà blessée une fois, dit-il avec humour. N'en rajoute pas, hum ?

Mareka rougit de nouveau, pinça les lèvres et posa les mains sur les robustes épaules. L'instant d'après, elle était en face de lui.

Les effluves musqués lui assaillirent aussitôt les narines. Elle tourna alors la tête avant d'inspirer profondément, puis s'éloigna de quelques pas pour admirer la vue. Cayetano s'occupa de la jument puis la rejoignit et s'arrêta à côté d'elle. Beaucoup trop près d'elle.

— Tu as grandi ici ? demanda-t-elle pour chasser les visions qui défilaient dans son esprit.

— Plus ou moins, répondit-il avec un haussement d'épaules. Mon grand-père s'est installé ici après son mariage. J'ai essayé de passer le plus de temps possible avec lui lorsque les circonstances le permettaient.

— Les circonstances ? releva doucement Mareka. Parles-tu de tes parents ?

Son profil se durcit.

— Je préfère éviter de parler d'eux autant que faire se peut, répliqua-t-il d'une voix crispée.

— Je vois. Mais n'avons-nous pas décidé qu'aujourd'hui était un jour spécial ?

Il tourna les yeux vers elle et l'observa un instant en plissant le front comme s'il réfléchissait à sa question. Le silence s'installa entre eux, dura. Au moment où il ouvrait la bouche pour parler, un bruit de moteur résonna derrière eux. Se retournant, elle vit le jeune homme revenir dans un véhicule semblable au leur et à l'arrière duquel elle aperçut un grand panier de pique-nique ainsi que des accessoires de toute sorte.

Cayetano désigna un endroit situé sur la droite et le jeune homme suivit la direction indiquée avant de s'enfoncer dans les bois.

— Viens, dit-il en se tournant vers elle. Il faut te nourrir.

Il avait toujours les traits tendus mais Mareka ne s'en alarma pas. Cinq minutes plus tard, elle découvrit avec émerveillement un cercle d'arbres coupé en deux par un cours d'eau visiblement peu profond. De chaque côté, le sol était recouvert d'herbe. Elle aperçut le pique-nique installé sur un grand tapis entouré de coussins multicolores, le tout formant un ensemble si accueillant et si chaleureux qu'elle sentit sa gorge se nouer.

C'était beau, calme et... attentionné. Elle tressaillit lorsque Cayetano lui prit le bras pour l'entraîner vers ce qui ressemblait à un véritable festin. Une fois qu'elle fut installée confortablement, il s'assit à son tour, saisit une grande assiette sur laquelle il déposa des tranches de viande grillée, du pain chaud et du *chimichurri*, condiment sud-américain d'une belle couleur verte et dont montaient des arômes délicieux, d'ail et de persil entre autres.

Ils mangèrent tranquillement, sans échanger un mot, mais le silence ne dérangea pas Mareka. Même si, de temps en temps, Cayetano se raidissait et tournait les yeux vers les arbres, le regard perdu au loin.

— Je venais me réfugier ici lorsque la situation devenait

un peu trop… explosive à la maison, dit-il soudain, la faisant presque sursauter.

— Explosive ? Tu veux dire que…

— Non, l'interrompit-il en secouant la tête. Ce n'était pas dirigé contre moi.

Il fit une moue qui la fit frissonner.

— Durant mon enfance, mes parents étaient trop occupés à se déchirer pour se soucier de moi. Mon grand-père était quant à lui convaincu que dans un couple le mari et la femme étaient indissolublement unis par le destin, et que les désaccords et les conflits finissaient toujours par se résoudre.

Les mâchoires serrées, il regarda de nouveau les arbres.

— Il lui a fallu du temps pour réaliser que le mariage de son fils n'était pas aussi idyllique qu'il le croyait. Et qu'il ne pourrait pas lui confier l'entreprise après sa mort.

— Et qu'il ne pouvait plus fermer les yeux sur l'impact négatif de cette union sur son petit-fils ?

Cayetano tourna vivement la tête vers elle et la dévisagea en silence.

— N'aie pas l'air aussi surpris, reprit Mareka avec un haussement d'épaules. Quand tu es constamment en marge d'une relation, tu remarques beaucoup de choses. Si elle est épanouie, tu rêves de reproduire la même plus tard. Sinon, tu sais quoi faire pour éviter de reproduire le même schéma le moment venu. Dans un cas comme dans l'autre, c'est très instructif.

Il resta silencieux un long moment, puis pinça les lèvres.

— Je n'étais plus un gamin lorsque mon grand-père s'est imaginé qu'en me prenant chez lui, dans son foyer, il pourrait changer ma vision du mariage.

— Tu dis cela comme si…

— Ce qu'il ne semblait pas réaliser, c'est que son propre mariage n'était pas parfait non plus. Lui et ma grand-mère géraient la situation mieux que mes parents, voilà tout.

— À t'entendre, on croirait que tu connais la recette magique du mariage parfait, dit Mareka pour détendre l'atmosphère.

— Exactement. Cela consiste à éviter de croire à la possibilité du mariage parfait. Ou à ne pas se marier du tout.

Une sensation de froid glacial chassa tout reste de chaleur.

— Autrement dit, comme tu ne crois pas au bonheur, tu ne le cherches pas ? traduisit-elle, le cœur serré.

Puis, au lieu de se demander pourquoi les paroles de Cayetano la blessaient autant et plutôt que de se protéger, elle ne put s'empêcher d'ajouter :

— Et les enfants ? Envisages-tu de léguer ton empire à ta descendance, ou s'agit-il uniquement d'ambition personnelle ?

— Si je souhaite procréer un jour, il existe des solutions qui m'éviteront de me retrouver piégé dans un mariage, dieu merci, déclara-t-il d'un ton péremptoire.

Mareka se leva. Elle éprouvait le besoin de prendre de la distance. Cayetano ne dit rien mais elle sentit son regard posé sur elle tandis qu'elle marchait le long du cours d'eau.

Le soleil était à son zénith, la chaleur accablante. Cédant à une impulsion, elle ôta ses bottes d'équitation. Le pantalon était très ajusté au niveau des mollets mais suffisamment élastique pour être remonté jusqu'aux genoux. Pieds nus, elle s'avança dans l'eau peu profonde.

— Fais attention, Mareka. Le fond peut être…

Un petit cri lui échappa. Elle ne s'était pas attendue à ce que Cayetano soit aussi proche. Se retournant trop vite, elle glissa sur les pierres lisses. Elle battit désespérément des bras, avant de pousser un nouveau cri et de perdre l'équilibre… et d'atterrir bruyamment dans l'eau. En deux secondes, elle eut la tête sous l'eau, mais se sentit aussitôt soulevée par la taille par des mains puissantes.

Toussant et crachotant, Mareka s'agrippa aux épaules de Cayetano tandis qu'il s'éloignait rapidement de la rivière. Ils étaient trempés tous les deux. Quand il la remit sur ses pieds, le polo lui collait au corps, complètement transparent.

La bouche sèche, Mareka enfonça les doigts dans les puissantes épaules pour ne pas céder au désir insensé d'explorer le torse musclé. Un éclat brûlant luisait maintenant dans les yeux verts. Cayetano laissa descendre son regard, lentement…

Elle le repoussa avant de céder à cette folie, puis se dirigea vers les restes du pique-nique. Ses vêtements mouillés entravaient ses mouvements. Elle baissa les yeux sur son haut, puis le fit passer par-dessus sa tête.

Une sorte de grondement sourd monta derrière elle, la faisant se retourner.

— Déclarer que ce qui s'est passé la nuit dernière ne se reproduira pas puis te déshabiller devant moi, c'est particulièrement cruel…, commença-t-il, la voix rauque.

Il ôta son polo d'un geste brusque et le laissa tomber dans l'herbe.

— Surtout le jour de mon anniversaire.

Mareka le dévisagea avec stupeur.

— C'est ton anniversaire ?

Il la regarda, l'air moqueur mais sombre.

— *Sí*.

— Quand tu as dit que tu ne souhaitais pas parler à tes parents, « surtout pas aujourd'hui », tu…

— Je ne souhaitais pas leur parler parce qu'ils m'appellent pour me soutirer de l'argent sans même penser que c'est l'anniversaire de leur fils. Ils n'y pensent pas parce qu'ils l'ont oublié, purement et simplement. Oui, tu as tout compris.

Sans réfléchir, elle s'avança et s'arrêta devant lui mais s'interdit de le toucher.

— Je suis désolée.

Il se raidit un instant, puis hocha la tête.

— Joyeux anniversaire, Cayetano.

— *Gracias*, murmura-t-il.

Ils respiraient vite tous les deux. Ils étaient à moitié nus… Mareka fit glisser son pantalon sur ses jambes et le repoussa du pied. Cayetano se pencha pour prendre une couverture, la déplia, et lui en enveloppa les épaules avant de l'attirer vers lui mais pas contre lui, de façon à pouvoir la regarder.

Lentement, le regard avide descendit sur son buste, sur la dentelle diaphane couvrant ses seins, sur la culotte assortie.

— Il te reste encore quelques bagatelles à ôter…

Le désir la consumait mais elle secoua la tête.

— Je ne crois pas que…

— Tes sous-vêtements sécheront plus rapidement si tu les ôtes.

Mareka baissa les yeux sur son caleçon mouillé et haussa les sourcils. Cayetano la gratifia d'un sourire dévastateur et, lui laissant la couverture sur les épaules, il se débarrassa du caleçon en un tournemain.

Médusée, elle contempla l'impressionnante érection. Quand elle leva les yeux et croisa les siens, elle y vit de la provocation pure. Du défi.

Se passant les mains derrière le dos, elle dégrafa son soutien-gorge et frémit en voyant Cayetano déglutir lorsqu'elle écarta la fine étoffe de sa peau, puis de nouveau quand elle fit glisser la culotte sur ses cuisses.

Le souffle précipité, ils s'accrochèrent l'un à l'autre, s'explorant avec leurs bouches, avec leurs mains tremblantes.

Jusqu'à ce que, forcé de reprendre son souffle, Cayetano appuie le front contre le sien.

— Qu'est-ce que tu me fais ? murmura-t-il.

— Que veux-tu dire ? chuchota Mareka.

— Avec toi je me laisse aller. Complètement. Et bien trop souvent.

— Et tu me rends responsable de ce qui t'arrive ?

Le rire désabusé de Cayetano la fit tressaillir.

— Ce serait aussi futile que d'en vouloir au soleil de se lever. C'est mon problème, je suppose. Non, *querida*, je m'en veux parce que tu m'obsèdes et que je suis incapable de me débarrasser de cette obsession.

Était-ce un compliment ou un blâme, Mareka n'aurait su le dire. Et elle s'en ficha. Elle referma la main sur le membre excité et savoura le gémissement qui franchit les lèvres de son amant, puis renversa la tête en arrière pour mieux savourer les caresses des lèvres gourmandes sur son cou.

Moins d'une minute plus tard, elle était étendue sur la couverture et la bouche de Cayetano lui léchait l'intérieur de la cuisse. Quand il remonta jusqu'au lieu secret où elle se consumait pour lui, elle enfouit les doigts dans les cheveux épais et laissa échapper un gémissement.

Mais ses caresses ne lui suffisaient pas. Elle le voulait en elle.

— Prends-moi, Cayetano. Maintenant...

Il redressa vivement la tête, la pencha de nouveau pour déposer un dernier baiser sur son sexe, puis s'installa au-dessus de Mareka et la pénétra.

Un plaisir divin déferla en elle. Plus rien ne les séparait. Ni étoffe ni...

Ni aucune protection.

Mareka se raidit, tout son plaisir s'évanouit d'un coup.

— Que... Qu'y a-t-il ? murmura Cayetano.

La pensée qui venait de la traverser le traversa à son tour. Ses traits se durcirent, une expression d'incrédulité totale se lut sur son beau visage en même temps que Mareka le sentait frémir en elle.

Il se retira, roula sur le flanc et fouilla son regard.

— La nuit dernière, nous n'avons pas..., commença-t-il, le visage blême.

Se redressant sur son séant, elle saisit un pan de la couverture et le tira sur elle.

— Non, nous n'avons pas pris de précautions, enchaîna-t-elle.

— *Dios mío...*

Cayetano se redressa à son tour, se leva d'un bond et s'éloigna en se passant la main dans les cheveux et en répétant : *Dios mío* !

— C'est la première fois que cela m'arrive, bon sang ! s'exclama-t-il en faisant soudain volte-face.

— Je suis ravie de l'apprendre mais cela ne change rien : c'est arrivé.

Il se passa la main sur le visage. Jamais encore Mareka ne lui avait vu la mine aussi sombre.

— J'ai fait un bilan de santé récemment. Tu n'as rien à craindre de ce côté-là.

Un frisson glacial la parcourut. Comment avait-elle pu être aussi insouciante ? Aussi inconséquente ?

— Je suis tout aussi ravie de l'apprendre, mais ce n'est pas le seul problème, que je sache.

— Je suis le principal responsable de ce malencontreux oubli. Mais je me vois contraint de te demander si... Tu prends la pilule ?

La question avait été posée d'un ton absolument neutre mais son regard le trahit. Il était aussi déstabilisé qu'elle-même.

Mareka déglutit avec peine.

— Oui, mais... J'ai oublié de la prendre deux fois la semaine dernière, et ce matin aussi, chuchota-t-elle.

Le visage de Cayetano se figea.

— *Díos.*

— Je ne m'attendais pas à... à ce qui s'est passé, se sentit-elle obligée de dire. Nous... pouvons envisager la pilule du lendemain, si tu...

— Non, certainement pas, trancha-t-il.

Manifestement, cette option était inenvisageable pour lui.

En dépit du désir de protester contre ce diktat qu'elle ressentait comme un outrage, Mareka n'insista pas parce qu'elle savait qu'elle non plus ne pourrait envisager une telle solution. Quelles que soient les conséquences de leur négligence, elle laisserait faire la nature.

Quant à Cayetano, il avait toujours la mine aussi sombre.

— Écoute, nous nous inquiétons peut-être pour rien...

Il secoua la tête et se passa de nouveau la main dans les cheveux d'un geste brusque.

— Au contraire, nous ne pouvons pas nous permettre de ne pas y réfléchir dès maintenant. Que l'événement ait été planifié ou non, la venue au monde d'un enfant nécessite un certain degré d'engagement.

Mareka tressaillit au souvenir de leur conversation récente.

— Et tu n'es pas prêt à t'engager, dit-elle.

— Ne parle pas à ma place, s'il te plaît, déclara-t-il sèchement.

Il se mit à faire les cent pas autour du tapis sur lequel gisaient les restes du pique-nique.

— Quand serons-nous fixés ? demanda-t-il sur le même ton en se tournant soudain vers elle.

— Je devrais avoir mes règles à la fin de la semaine prochaine, dit-elle, les joues en feu. Sinon, si je ne les ai pas, un simple test pourrait suffire, mais une analyse de sang dans quelques semaines confirmera le résultat quel qu'il soit.

— Je vois, répliqua-t-il avant de se remettre à faire les cent pas.

— Tu veux bien... enfiler quelque chose, s'il te plaît ?

Sa requête lui valut un regard cynique, mais il se dirigea néanmoins vers son caleçon et l'enfila rapidement. Puis, les bras ballants, il regarda Mareka en secouant la tête.

— Qu'y a-t-il ? demanda-t-elle.

Cayetano serra brièvement les mâchoires.

— Nous sommes mariés depuis à peine vingt-quatre heures et regarde le résultat.

À ces mots, elle sentit une bouffée de colère lui monter à la tête.

— Tu as peur de te retrouver coincé dans un mariage bidon, avec une femme que tu connais à peine et dont tu ne fais aucun cas, et qui, en plus est peut-être enceinte ? C'est ça ? Eh bien, je regrette de te le rappeler, mais le mariage, c'était *ton* idée, et l'éventuelle grossesse, nous en sommes tous les deux responsables.

Elle s'interrompit et redressa le menton.

— Si cela peut te tranquilliser, j'en assumerai l'entière responsabilité. Si grossesse il y a, précisa-t-elle à la hâte.

— Je n'ai pas besoin d'être « tranquillisé », rétorqua-t-il, les mâchoires serrées. Et si nous avons conçu un enfant, j'en assumerai pleinement la responsabilité.

La tension qui étreignait la poitrine de Mareka s'atténua un peu, mais elle refusa de réfléchir à cette déclaration. Pas là. Pas maintenant. Comme Cayetano achevait de se rhabiller, elle récupéra ses propres vêtements, presque secs, heureusement, les renfila le plus rapidement possible, puis se refit une queue-de-cheval.

Mais quand elle s'avança vers la jument, il lui barra le passage.

— Quelqu'un viendra la chercher. Tu montes avec moi.

— Mais pourquoi ? répliqua-t-elle en battant des cils.

— Si tu es enceinte, je ne veux pas prendre de risque.

— Mais tu as dit toi-même que Caramelo était la plus docile des écuries ! Et ça s'est très bien passé, tout à l'heure !

Il la dévisagea un instant en silence puis secoua la tête.

— Je ne prendrai aucun risque, décréta-t-il d'un ton sans appel.

10

Pourquoi s'infligeait-il cette lente chevauchée, bon sang ? Il aurait très bien pu attendre que le jeune employé revienne dans une heure comme prévu et profiter du véhicule pour regagner la villa. Deux palefreniers seraient venus chercher les chevaux, tout simplement.

Parce qu'après ce qui venait de se passer, il n'aurait pas pu rester là-bas une minute de plus. Dans cette clairière où, sous le ciel sans nuages, avec le murmure de la rivière en fond sonore et les restes du repas abandonnés sur le tapis, le monde avait paru trompeusement idyllique. Et où, en dépit du courant glacial qui l'avait traversé, il avait éprouvé une émotion viscérale. Un instinct possessif et protecteur inconnu pour l'enfant qu'il avait peut-être conçu avec Mareka.

Un frisson traversa Cayetano à la pensée des éventuelles conséquences de son manque de rigueur. Percevant sa réaction, Mareka se retourna et le regarda. Qu'éprouvait-elle vraiment ? Elle avait été catégorique : si elle était enceinte, elle garderait l'enfant. Mais était-elle sincère ?

Elle se détourna, comme pressée d'échapper à son regard. Il ne s'en formalisa pas. Rien n'aurait plus d'importance tant qu'ils n'en sauraient pas davantage.

Et ensuite ? Il ignorait tout du rôle de père. Et savait encore moins ce qu'était un « bon » père. Il regarda les cheveux bouclés de la mère potentielle de son enfant, songea au ventre plat qu'il avait embrassé avant de descendre jusqu'au lieu de tous les plaisirs et de tous les dangers.

Il crispa involontairement les doigts sur les rênes ; son cheval rejeta la tête en arrière. Paniqué, Cayetano resserra le bras autour de la taille de Mareka et s'aperçut qu'il retenait son souffle.

— *Calma !* murmura-t-il à sa monture.

— Oui, tout va bien, dit Mareka en se raidissant.

Elle avait raison. Il n'y avait pas lieu de paniquer. Pas pour l'instant, du moins.

Comme elle s'y attendait, ils étaient à peine entrés dans la villa que Cayetano s'éloigna rapidement et disparut dans son bureau.

Se persuadant que c'était mieux ainsi, Mareka se dirigea vers sa suite et referma la porte, puis regarda autour d'elle et eut le sentiment que quelque chose avait irrémédiablement changé depuis la veille.

Refoulant la panique qui l'assaillait, elle se déshabilla, jeta ses vêtements encore humides dans le panier à linge puis alla prendre une douche, pressée, d'effacer tout vestige de l'intimité partagée avec Cayetano.

Lorsque, sortant de la douche, elle surprit son reflet dans le miroir, Mareka laissa retomber la main qui s'était posée d'elle-même sur son ventre. Si elle ne faisait pas attention, les rumeurs allaient se répandre comme une traînée de poudre. Alors qu'elle ne savait même pas si elle était enceinte.

Elle avait hâte de faire un test de grossesse, mais Cayetano était une célébrité, et son propre nom et son image étaient désormais associés aux siens. Par conséquent, elle ne pouvait pas aller acheter un test de grossesse dans une pharmacie sans attirer l'attention.

En revanche, elle pouvait le commander en ligne.

Empoignant son téléphone, elle se figea en découvrant une notification de sa banque. Les doigts tremblants, elle activa l'application et retint un halètement en voyant le solde de son compte. Cayetano avait tenu parole. Elle était millionnaire. En d'autres circonstances, le nombre de zéros aurait émerveillé Mareka. Elle aurait exulté à la perspective de consacrer cet argent à la réalisation du projet qui lui tenait tant à cœur.

Or elle ne pouvait penser qu'au retournement de situation qu'elle avait provoqué en cédant à ses désirs. Elle poussa un gémissement et laissa tomber le téléphone sur le lit, puis s'assit et essaya de calmer les battements désordonnés de son cœur.

Il fallait qu'elle se calme et qu'elle réfléchisse.

Quoi qu'il arrive, quoi qu'il se passe entre elle et Cayetano, elle voulait cet enfant. Et pas de la façon dont ses propres parents avaient subi son arrivée. Son enfant serait chéri, aimé. Elle lui apprendrait à s'aimer, à s'affirmer, à s'estimer. Tout ce dont elle-même avait été privée, elle le donnerait à son enfant.

Si elle était enceinte. Mareka tendit la main vers son téléphone. En cinq minutes la commande était passée, la livraison prévue pour le lendemain du jour où elle devait avoir ses règles. Peut-être annoncerait-elle alors à Cayetano qu'il s'était inquiété pour rien. Mais, tout au fond de son cœur, elle pressentit que sa vie allait subir un chamboulement total.

Le premier changement eut lieu à l'heure du dîner, lorsque l'une des femmes de chambre vint lui annoncer que son mari était retenu par ses affaires et qu'il ne dînerait pas avec elle.

Après avoir dîné, seule, Mareka regagna sa suite et, refusant de s'apitoyer sur son sort, elle saisit son ordinateur portable, se dirigea vers la terrasse et s'installa sur la chaise longue, puis se concentra sur son projet.

Elle travailla jusqu'au moment où le soleil apparut au-dessus des collines fermant l'horizon. Mareka bâilla et sourit. Le fait d'avoir mis en route son projet lui avait réchauffé le cœur.

Cette fois, elle s'endormit aussitôt après avoir posé la tête sur l'oreiller, avant de se réveiller quatre heures plus tard. Elle se leva et se dirigea vers la salle de bains. Pas question de rester enfermée dans sa suite.

Lorsqu'elle descendit au rez-de-chaussée, elle apprit que Cayetano était déjà parti. À l'instant où, ravalant son amour-propre, elle allait demander au majordome s'il savait où son mari était parti, un bip annonça l'arrivée d'un SMS sur son smartphone.

Rendez-vous incontournable. Rentrerai tard. C.

Tout son enthousiasme s'envola d'un coup. La lune de miel obligée était terminée, apparemment. Mareka prit son petit déjeuner, puis retourna dans sa suite et enfila un superbe bikini qu'elle n'aurait jamais osé choisir elle-même, mais qui, étonnamment, lui allait à merveille. Ensuite, équipée de son ordinateur, elle passa la journée au bord de la magnifique piscine.

Elle avait déjà reçu des réponses aux divers mails envoyés la veille, certains provenant de femmes appartenant aux milieux influents de Buenos Aires et désireuses de la rencontrer. Mareka ne se leurra pas. Son nouveau statut d'épouse de Cayetano Figueroa y était pour beaucoup, mais elle aurait été vraiment stupide de ne pas en profiter.

Une fois les rendez-vous fixés, elle enchaîna les longueurs puis, épuisée, s'affala dans sa chaise longue et s'endormit aussitôt sous le grand parasol.

Réveillée par la gouvernante qui lui secouait doucement l'épaule, elle s'aperçut avec surprise que le soleil commençait déjà à baisser.

— Combien de temps ai-je dormi ? demanda-t-elle en se redressant brusquement.

— Seulement quelques heures, *señora*, répondit la femme d'âge mûr en souriant. Votre mari nous a demandé de ne pas vous déranger, mais j'ai pensé que cela vous ferait du bien de boire quelque chose.

— Comment a-t-il su que je... Il a appelé ?

Mareka détesta l'espoir qui colorait sa voix.

La gouvernante hocha la tête mais en évitant son regard.

— *Sí*, mais seulement pour prévenir qu'il ne rentrerait pas dîner.

Eh bien, elle savait à quoi s'en tenir, au moins. Cayetano ne changerait rien à ses habitudes. Plus vite elle suivrait son exemple, mieux elle se porterait. Mareka accepta le punch au gingembre et à la goyave que la gouvernante lui proposait, lui dit qu'elle le prendrait dans sa suite, et quitta la terrasse en emportant son ordinateur.

Cayetano ne rentra pas dîner ce soir-là, ni les dix soirs suivants. Et le matin, il était déjà parti quand elle descendait prendre son petit déjeuner.

Une nuit où elle n'arrivait pas à dormir, Mareka entendit, un peu avant minuit, le moteur puissant de la voiture de sport et s'endormit aussitôt. Et quand elle descendit le lendemain matin, elle trouva Cayetano installé à table dans le petit salon ravissant où le soleil entrait à flots.

Il portait une chemise bleu ciel, un pantalon noir à fines rayures blanches, la veste étant posée soigneusement sur le dossier de la chaise voisine de la sienne. Le quotidien économique et financier se trouvait à côté de son assiette, et Mareka savait qu'il avait déjà lu tout ce qui l'intéressait.

Lorsqu'elle franchit le seuil de la pièce, il la dévisagea rapidement de la tête aux pieds, puis se leva et tira une chaise pour elle. Après avoir murmuré « merci », elle s'assit et but quelques gorgées de jus d'orange tandis que le majordome déposait une omelette fort appétissante devant elle. En vérité, elle mourait de faim et la dévora en un temps record, à la satisfaction manifeste de son mari qui l'observait sans ciller.

Pas question d'y voir des choses qui n'existaient pas. Elle devait se concentrer sur l'essentiel.

— Nous n'avons jamais discuté de mon statut professionnel, dit-elle après s'être éclairci la voix.

— Tu es mon épouse, par conséquent, si tu veux continuer à travailler, tu peux occuper n'importe quel poste vacant susceptible de t'intéresser.

C'était le moment ou jamais.

— Dans ce cas, je te donne officiellement ma démission.

Une lueur de surprise traversa les yeux de Cayetano, vite remplacée par du mécontentement.

— Pour quoi faire, exactement ? Tu ne travailleras pas pour quelqu'un d'autre, déclara-t-il d'un ton tranchant.

— Tu ne pourrais pas m'en empêcher, répliqua Mareka avec calme. Mais, non, je n'envisage pas de travailler pour quelqu'un d'autre. Je désire être indépendante.

— Explique-toi.

— Je ne veux pas rester à me tourner les pouces pendant que tu gères tes affaires. Je... Je vais créer une association qui aidera des jeunes femmes à acquérir leur autonomie.

Elle s'interrompit et retint son souffle, s'attendant à une remarque ironique, voire cinglante. Mais rien ne vint.

— J'ai déjà plusieurs rendez-vous avec des personnes influentes intéressées par mon projet.

Nouvel éclat de surprise, suivi cette fois par un froncement de sourcils.

— Félicitations. Mais il est hors de question que tu t'épuises, ce ne serait pas bon pour l'enfant.

D'un côté, elle fut touchée par sa sollicitude, de l'autre, déçue de voir qu'il s'inquiétait avant tout pour l'enfant qu'elle portait peut-être.

— Si je suis enceinte.

En réalité, Mareka était quasi certaine de l'être. D'autant plus que la veille, elle n'avait pas eu ses règles comme prévu.

— Et, à supposer que je le sois, l'« enfant » n'est encore qu'un amas de cellules. D'autre part, certaines femmes travaillent jusqu'à l'accouchement, tu sais ?

— Je me fiche des autres femmes.

Ces paroles les choquèrent tous les deux. Ils restèrent figés durant quelques secondes à se dévisager en silence.

Mais pas question de lire quoi que ce soit dans cet échange

muet. La seule chose qui comptait pour Cayetano, c'était l'enfant qu'elle portait peut-être, se répéta Mareka.

Il baissa soudain les yeux sur sa tasse vide, y versa du café qu'il avala d'un trait avant de s'en verser aussitôt un autre. Elle le regarda avec envie. Elle ne savait même pas si elle pouvait encore boire du café, si jamais elle...

— À quoi penses-tu ? demanda-t-il brusquement.

— Au café. Je me demandais si je pouvais...

— Tu peux, en petites quantités. Mais le décaféiné est préférable quand on est enceinte.

— Tu t'es renseigné ? s'exclama Mareka, suffoquée.

— Cela te surprend ? rétorqua-t-il en haussant un sourcil.

Elle n'allait certes pas lui dire que son attitude lui faisait chaud au cœur.

— Comme je viens de le dire, nous ne savons pas ce qu'il en est.

Nouveau silence. Puis Cayetano glissa la main sous le journal.

— C'est arrivé pour toi il y a une demi-heure.

Il posa un petit paquet de forme rectangulaire à côté de l'assiette de Mareka, puis se pencha pour soulever un sac en papier qui se trouvait à côté de ses pieds et qu'elle n'avait pas vu. Dans le sac, elle aperçut plusieurs tests de grossesse.

— Tu en as acheté cinq ? Moi deux.

— Parfait. Nous avons ce qu'il faut et devrions obtenir un résultat fiable, répliqua-t-il d'un ton neutre.

Les doigts tremblants, elle souleva son verre.

— Nous ?... Je croyais que tu serais trop occupé pour...

— Tu continues à faire des suppositions, l'interrompit-il. Attention, *querida* : je ne supporterai pas longtemps que tu te mettes à ma place. Maintenant, concentre-toi sur ton petit déjeuner.

Sur ce, il lui tendit une coupe de fruits. Mareka voulut refuser, par principe, mais la pêche était trop appétissante pour ne pas y goûter... Sans dire un mot, Cayetano reposa la coupe avant de soulever sa tablette posée à côté du journal.

Dès qu'elle eut terminé de manger, il se leva et tira sa chaise en arrière. Ensuite, il l'accompagna jusqu'à l'escalier... et gravit les marches à côté d'elle. Troublée, Mareka trébucha. Cayetano lui enlaça aussitôt la taille en poussant un juron étouffé.

Elle le regarda. Il avait pâli mais sans pour autant perdre son sang-froid et son assurance habituelle.

— Merci.

Après un bref hochement de tête, il tourna les yeux vers la porte de sa suite, l'ouvrit, puis s'avança avec Mareka vers la chambre en la tenant toujours par la taille. Lorsqu'il écarta la main et l'enfonça dans sa poche, elle crut qu'il allait se mettre à faire les cent pas, mais il resta au milieu de la pièce.

Il ne bougerait pas tant qu'ils ne connaîtraient pas le résultat des tests, comprit Mareka.

Cinq minutes plus tard, elle savait. Trois des sept tests confirmaient qu'elle était bel et bien enceinte. Et quand elle rouvrit la porte de la salle de bains, Cayetano n'eut qu'à la regarder pour le savoir à son tour.

Un tremblement le parcourut ; il devint blême. Mais il se ressaisit aussitôt, naturellement.

— Mon médecin prendra contact avec toi tout à l'heure. Il organisera la prise de sang et t'indiquera le régime alimentaire approprié. Tu ne souhaites pas divulguer la nouvelle, j'imagine ? Pas maintenant, du moins ?

— Je... Non. Mais tu ne veux pas que nous discutions... du reste ?

Il la regarda en plissant les yeux.

— Tu portes mon enfant. Dans neuf mois, tu le mettras au monde et nous nous efforcerons d'être les meilleurs parents possible. Il n'y a rien d'autre à dire.

Au contraire. Il y avait des tas de choses à dire, à décider. Mais Mareka était trop ébranlée pour en parler maintenant.

Cayetano franchit le peu de distance qui les séparait et s'arrêta devant elle.

— Mareka... commença-t-il en lui soulevant le menton.

— Oui ?

Il poussa un long soupir.

— Je dois partir. Si tu as besoin de quoi que ce soit, la gouvernante et l'ensemble du personnel sont à ta disposition.

Incapable de prononcer un mot, elle le dévisagea en silence puis finit par hocher la tête. Il attendit quelques instants, les lèvres pincées, puis, comprenant sans doute qu'elle ne dirait plus rien, il laissa retomber sa main.

Dès qu'il fut sorti de la pièce, Mareka s'avança vers le lit et s'y laissa tomber. Elle allait être mère. Et, selon toute probabilité, mère célibataire. Parce que, inutile de se raconter des histoires, elle ne pourrait pas continuer à jouer cette comédie de mariage une fois les trois années passées.

Elle laissa échapper un soupir tremblant et cette fois, quand sa main se posa d'elle-même sur son ventre, Mareka ne l'écarta pas. Puis, solennellement, elle promit à son enfant de le protéger, de l'aimer et de veiller à son bien-être, quoi qu'il arrive.

Le médecin, un homme avenant d'une quarantaine d'années, se présenta deux heures plus tard et elle le reçut seule. Elle devait absolument apprendre à se passer de Cayetano, se répéta Mareka en comprenant qu'il n'assisterait pas à l'entrevue.

Après le départ du médecin, elle passa l'après-midi à travailler au bord de la piscine en s'octroyant quelques pauses, jusqu'à ce qu'une ombre s'allonge sur elle. Levant les yeux, elle vit Cayetano debout à côté de sa chaise longue.

— Tu es rentré.

Son visage se ferma.

— Inutile d'afficher ta déception.

— Je... ne suis pas déçue. Seulement surprise... Je pensais que tu rentrerais plus tard, c'est tout.

— On m'a dit que tu avais passé l'après-midi ici, répliqua-t-il avec une pointe d'accusation dans la voix.

Mareka se hérissa.

— Je vois que ton réseau d'espions est au point.

Le beau visage se rembrunit encore.

— Tu veux te disputer, *querida*, alors que tu sais comment se terminent nos affrontements ? demanda-t-il d'une voix dangereusement douce.

Profitant du fait qu'elle restait sans voix, il remonta légèrement ses jambes de pantalon et s'assit à côté d'elle sur la chaise longue. Mareka réagit aussitôt à sa proximité – d'autant qu'elle portait en tout et pour tout le minuscule bikini. Sentant la merveilleuse chaleur se propager dans tout son corps, elle replia les genoux et les serra contre elle.

— Que veux-tu ? murmura-t-elle.

Un éclat furieux et... blessé fusa dans les yeux de Cayetano.

— J'aimerais savoir comment s'est passé le rendez-vous avec le médecin. Et t'inviter à déjeuner demain.

Son cœur fit un petit bond dans sa poitrine mais elle s'interdit de se réjouir et fut contente de pouvoir répondre qu'elle n'était pas libre.

— L'une des premières personnes que j'avais contactées est très intéressée par mon projet. J'ai rendez-vous avec elle demain.

— Déjà ?

— Tu doutes de mon efficacité ?

— Si j'en doutais, *querida*, tu n'aurais pas travaillé pour moi.

Mareka se détesta de rougir, autant qu'elle détesta la lueur amusée qui éclaira le regard de Cayetano.

— Dois-je te remercier, ou s'agit-il d'un test pour voir si je risque d'en faire trop et de nuire à l'enfant que je porte ?

La lueur amusée disparut.

— Déteste-moi si tu veux, mais tes activités seront suivies de près durant les neuf mois à venir. Mais, dans ce cas précis, je voulais simplement te faire remarquer que le moment était venu de nous montrer à nouveau en public.

Cette fois, Mareka se sentit devenir écarlate. Quelle idiote ! Il s'agissait uniquement de sauver les apparences.

— Je suis désolée de te décevoir, mais je ne peux pas annuler mon rendez-vous. Cette femme est de passage à Buenos Aires et j'ai de la chance de pouvoir la voir.

Cayetano la regarda, une lueur indéchiffrable au fond des yeux.

— C'est peut-être elle qui a de la chance d'avoir obtenu un rendez-vous avec toi, murmura-t-il soudain.

Elle le regarda, abasourdie et le cœur battant à tout rompre. Durant un long moment, ils se dévisagèrent en silence. Jusqu'à ce qu'il baisse les yeux sur sa bouche.

— Mareka ?

Dans la belle voix grave, elle perçut un avertissement.

Comme s'il savait.

Tu aurais tort de développer des sentiments pour moi…

Elle redressa la tête, afficha une expression neutre et déclara avec calme :

— En tout cas, je ne suis pas libre demain.

Le mécontentement de Cayetano se lut sur ses traits. Mais au lieu d'en être irritée, Mareka s'en réjouit et prit cela comme une minuscule victoire sur elle-même.

— Combien de rendez-vous as-tu déjà planifiés ?

— Un second cette semaine, et deux autres la semaine prochaine.

Il serra les mâchoires. Le silence se réinstalla entre eux. Mais elle ne céda pas et ne proposa pas de modifier son emploi du temps.

— Nous allons devoir profiter au maximum du peu de temps qu'il nous restera, alors, dit soudain Cayetano. Nous petit déjeunerons et dînerons ensemble chaque jour. Je ne tolérerai aucune exception.

Sur ce, il se détourna et disparut à l'intérieur de la villa.

Durant les deux mois suivants, ils prirent leur premier et leur dernier repas ensemble chaque jour, qu'ils soient à Buenos Aires ou – ainsi qu'en avait décidé Mareka après une brève discussion –, dans la propriété de Córdoba quand elle n'avait pas de rendez-vous à Buenos Aires. À chacun des repas, Cayetano l'interrogeait sur sa santé, avec une précision telle qu'elle avait presque le sentiment de compter pour lui.

Lors de leurs inévitables apparitions publiques, il se montrait courtois et cordial, voire chaleureux, discutant avec elle suffisamment longtemps pour satisfaire la curiosité de celles et ceux qui les observaient en permanence, et donner ainsi l'impression du couple parfait et uni. Mais dès qu'ils se retrouvaient en tête à tête, Cayetano s'écartait d'elle et son visage se refermait.

Le jour où la première nausée l'assaillit avec une violence inouïe, Mareka ne fut pas surprise de le voir apparaître une heure après le petit déjeuner. Elle savait depuis longtemps que le personnel lui rapportait ses moindres faits et gestes.

— Que fais-tu ici ? murmura-t-elle, embarrassée d'être vue dans un état aussi pitoyable.

D'autant plus que lui avait l'air en pleine forme !

Il se pencha et posa sur ses genoux un plateau sur lequel se trouvaient une théière, une tasse et des biscottes, puis tourna brièvement les yeux vers son ordinateur portable ouvert en fronçant les sourcils avant de verser du thé – celui, faible en théine, que Mareka buvait désormais – dans la tasse en porcelaine blanche.

— Apparemment, tu n'as toujours pas compris que j'avais l'intention de participer à ta grossesse.

— Je me fais l'effet d'être un globe de verre protégeant un objet précieux. D'être un accessoire, pratique mais interchangeable, dit-elle sans pouvoir contenir son amertume.

— Que veux-tu dire ? demanda Cayetano, crispé.

Mareka laissa échapper un petit rire dur.

— Tu le sais très bien. Tu joues les maris attentionnés en public parce que tu ne veux pas que ton père ou quiconque conteste ton statut, ton héritage. Si tu es ici maintenant, c'est parce que tu crois devoir protéger ma grossesse.

— Je ne...

— Si ! l'interrompit-elle vivement. « Tu te sens bien ? » « Tu te reposes suffisamment ? » « Le médecin t'a-t-il prescrit quelque chose contre les nausées matinales ? » Réponds-moi : quand m'as-tu posé une question qui me concernait *moi* et pas le bébé que je porte ?

Il se raidit, ouvrit la bouche, mais Mareka ne lui laissa pas le temps de répliquer.

— Ce bébé est aussi important pour moi que pour toi, figure-toi. Peut-être même plus.

Un silence tendu s'ensuivit.

— Que sous-entends-tu par là ? finit-il par demander.

— Que tu ne désirais pas avoir un enfant avec moi. Tu n'en voulais pas du tout, même. Cela représentait une possibilité abstraite et lointaine pour toi. Mais maintenant que tu es obligé de devenir père, tu me traites comme une fleur fragile qu'il faut surveiller avec soin de crainte qu'elle ne se flétrisse. J'étais parfaitement capable de prendre soin de moi avant notre mariage et je prendrai encore plus soin de l'enfant que je porte. Alors, continue à t'occuper de ton empire et laisse-moi tranquille, s'il te plaît.

Le silence retomba, encore plus lourd que le précédent.

— L'enfant que tu portes fait partie de ce que tu appelles mon empire, commença soudain Cayetano d'une voix glaciale. Il en est même une composante essentielle. Alors, non, *querida*, je ne me laisserai pas reléguer au second plan. Si tu le souhaites, nous reprendrons cette discussion ce soir au moment du dîner. Pour ma part, j'ai dit ce que j'avais à dire.

Ce soir-là, Mareka ne le rejoignit pas à l'heure du dîner. Principalement parce que les accès de nausées dites « matinales » ne se limitaient manifestement pas au matin, et aussi pour voir la réaction de Cayetano face à ce qu'il devait considérer comme un acte de désobéissance conjugale.

Le lendemain à 14 heures, elle avait conclu son troisième partenariat et pouvait maintenant envisager de créer une fondation destinée à offrir formation et soutien aux jeunes femmes désirant se lancer dans les affaires à Londres et à Tahiti.

Quand elle rentra à la villa, elle eut la surprise d'y trouver Cayetano qui l'attendait.

— Qu'est-ce que tu fais ici ? demanda-t-elle en fronçant les sourcils.

D'un côté, elle était stupidement heureuse de le voir, de l'autre, elle avait l'impression désagréable d'être surveillée.

— Il faut croire que tu me manquais, répondit-il d'un ton ironique.

De toute évidence, il se moquait d'elle. Mais cela n'empêcha pas son imbécile de cœur de faire un petit bond.

— Tu veux dire que tu es là parce que je ne suis pas descendue dîner hier soir ni prendre le petit déjeuner ce matin ?

Le petit muscle de la mâchoire frémit.

— N'est-ce pas ce que tu espérais ? Que je me plie à tes caprices ?

— Tu ne t'es jamais plié aux caprices de quiconque.

Son haussement d'épaules eut quelque chose de beaucoup trop sexy. Il lui avait manqué, arrogance comprise.

— La vie nous réserve parfois des surprises.

Mareka eut soudain du mal à respirer. Un espoir insensé se déploya dans sa poitrine.

— Qu'entends-tu par là, exactement ?

Il la regarda un instant, l'air songeur, puis une expression perplexe passa fugacement sur ses traits.

— Ne réfléchis pas trop, *querida*. Si je suis ici, c'est entre autres pour t'annoncer mon départ.

Cette fois, son cœur s'arrêta de battre.

— Tu t'en vas ?

Cayetano hocha brièvement la tête.

— Je dois me rendre en Chine pour finaliser une série de contrats. Je serai de retour dans deux semaines.

— Dans deux semaines ? s'exclama Mareka malgré elle.

Une lueur dure traversa le regard de son mari, puis il pinça les lèvres.

— Oui. Ainsi, tu pourras jouir de toute la liberté que tu

sembles réclamer avec impatience. Et tu n'auras plus à supporter ma proximité.

L'ironie mordante colorant sa voix fit tressaillir Mareka, mais ce qui la surprenait le plus, c'était son propre désir de lui demander pourquoi il ne lui proposait pas de partir avec lui, en dépit de l'atmosphère tendue qui régnait entre eux. En outre, l'accompagner dans ses voyages d'affaires ne faisait pas partie de leur arrangement.

— Tu n'as rien à dire ? demanda-t-il du même ton cinglant.

Si. Emmène-moi avec toi. Parce que, en dépit de tout ce qui s'est passé, tu vas me manquer terriblement.

Dieu merci, elle réussit à retenir les paroles qui lui montaient aux lèvres et à garder sa contenance.

— Seras-tu de retour pour l'échographie ?

Il se figea, baissa brièvement les yeux sur son ventre.

— Tu souhaites que je sois présent ?

Impossible de savoir si lui le souhaitait ou non.

— Je peux t'en empêcher ?

Tout reste de civilité s'évanouit. Cayetano la toisa de toute sa hauteur.

— Non. Personne ne peut m'empêcher de faire quoi que ce soit.

Elle l'avait cherché, reconnut Mareka en son for intérieur. Mais au fond, elle ne regrettait pas d'avoir provoqué son mari et de lui avoir tenu tête.

En outre, cette séparation lui permettrait peut-être de remettre de l'ordre dans ses pensées, et de reprendre le contrôle de ses émotions avant qu'il soit trop tard.

À moins qu'il ne soit *déjà* trop tard…

11

Elle ne supportait plus sa présence. Le simple fait de le voir horripilait Mareka.

Cette réalité n'aurait pas dû l'incommoder, et pourtant Cayetano ne cessait d'y penser. Au point d'en devenir insomniaque. Le manque de sommeil perturbant son équilibre et l'amenant parfois à perdre son sang-froid, il terrorisait les membres du conseil aussi bien que ses collaborateurs. Résultat : tout le monde était ravi de le voir partir quand il allait rejoindre Mareka à Córdoba. Son incapacité à se concentrer le rendait tout bonnement infréquentable.

Pour ne rien arranger, sa femme était devenue quasiment mutique et, lors de leurs rares conversations, Cayetano avait du mal à obtenir des réponses autres que monosyllabiques aux questions qu'il lui posait.

Si au moins il avait pu rester loin d'elle... Mais Mareka l'attirait malgré lui, aussi était-il là, à Córdoba, à attendre son retour de Buenos Aires avec cette fichue sensation indéfinissable qui lui oppressait la poitrine.

Il se leva et se dirigea vers le bar du salon en pensant à la rapidité et au brio avec lesquels elle avait concrétisé son projet. En un temps record, elle était devenue l'une des plus ardentes défenseuses des jeunes femmes avides d'acquérir leur autonomie, tant personnelle que professionnelle. Dans plusieurs pays démunis, sa fondation avait déjà fait des avancées impressionnantes en matière d'éducation, de sport et de financement de petites entreprises.

Loin d'être l'aventurière que son père avait vue en elle, Mareka avait investi dans ce projet l'entièreté de la somme que Cayetano lui avait versée le jour de leur mariage. Et elle était en passe de devenir la chouchoute des médias. Il l'avait vue affronter les journalistes avec un aplomb stupéfiant et, étrangement, il avait senti la sensation oppressante s'intensifier. Sa femme lui offrait exactement ce qu'il avait demandé : une union dépourvue d'émotions et de sentiments destinée à duper tout le monde. Or il détestait cette comédie.

Irrité contre lui-même, il reposa brutalement son verre sur le bar et quitta le salon à grands pas en espérant qu'une douche froide lui remettrait les idées en place.

— Merci à toutes et à tous. Je viendrai vous voir bientôt, je vous le promets.

La vidéoconférence s'acheva dans un torrent de cris enthousiastes et de remerciements tandis que Mareka retenait ses larmes. La fondation basée à Papeete – projet qui lui tenait particulièrement à cœur et destinée à assurer l'éducation des jeunes filles en quête d'émancipation – venait d'ouvrir officiellement ses portes.

Elle se déconnecta et posa aussitôt la main sur son ventre pour rester en lien avec son bébé. Mais, comme cela lui arrivait trop souvent, une profonde souffrance remplaça bientôt sa joie. Elle avait concrétisé son rêve, mais plus elle progressait, plus elle éprouvait un sentiment de perte.

Grâce à elle, à son travail, d'autres femmes avançaient sur le chemin de l'autonomie, alors qu'elle-même souffrait d'un manque abyssal.

Un manque d'amour.

L'amour de son mari.

Le mari qui l'avait prévenue qu'elle aurait tort de développer des sentiments pour lui. L'être complexe et merveilleux qu'elle aimait corps et âme. Si Cayetano avait maintenu entre eux la distance qui l'avait tant fait souffrir au départ, elle aurait peut-être pu se protéger, ne pas tomber inexorablement amoureuse de lui. Mais il était présent à quasiment tous les repas, l'interrogeant sur sa santé, sur le bébé, lui faisant des compliments sur son travail qu'il suivait manifestement de près. Sans le savoir, il ravivait les espoirs auxquels elle avait tant de mal à renoncer.

Fidèle à sa parole, Cayetano comptait participer à toutes les étapes de la grossesse et serait présent lors de l'échographie qui aurait lieu le lendemain.

Peut-être pourrait-elle en profiter pour...

L'arrivée d'Ariana portant un grand plateau interrompit ses pensées.

Mareka avait vite découvert que la gouvernante n'était autre que l'épouse du majordome, et compris que Cayetano avait chargé sa fidèle employée de veiller à ce qu'elle mange et se repose à intervalles réguliers. Tâche qu'Ariana assumait avec un plaisir et une bienveillance qui réconfortaient Mareka.

— Je vais devenir énorme, si je continue à ce rythme, se plaignit-elle en prenant une deuxième *empanada*.

Quel délice... Elle finit par en dévorer quatre d'affilée...

— Votre mari sera content ! s'exclama Ariana avant d'ouvrir la porte et de s'en aller.

— Oui... Sans doute..., répondit machinalement Mareka.

En réalité, son cœur battait à tout rompre. Elle avait le sentiment de se trouver à un moment crucial de sa relation avec Cayetano et cette pensée ne la quittait pas. S'efforçant de ne pas penser à l'éventuelle déception qui l'attendait, elle s'habilla avec un soin particulier puis alla rejoindre son mari dans le salon où il l'attendait.

Cayetano la dévisagea un instant en silence, puis il se leva et s'avança vers elle.

— Comment te sens-tu ?

— Bien, merci, répondit-elle, la voix rauque.

Elle ne dissimulerait pas son trouble. Jouer la comédie ne lui avait pas rendu service, au contraire. Cela ne l'avait pas empêchée de tomber folle amoureuse de son mari.

C'était peut-être le moment d'être courageuse. De... De...

— Et toi ?

Une ombre passa sur les traits de son mari avant de disparaître aussitôt.

— Quelques défis particulièrement retors, dit-il avec un haussement d'épaules. Mais rien d'impossible à gérer.

Mareka hocha la tête, s'éclaircit la voix et se força à détourner les yeux du beau visage – et du corps dont la chaleur lui manquait cruellement nuit et jour.

Un silence embarrassé s'installa entre eux, jusqu'à ce que Cayetano émette un petit rire dur et ironique.

— Est-ce si pénible pour toi de regarder ton mari en face et d'échanger quelques mots avec lui ?

Elle tourna vivement la tête vers lui, interdite.

— Comment ? Tu te trompes complètement. Je... Je ne...

Au même instant, Ariana toqua à la porte et entra, puis les regarda tour à tour d'un air un peu inquiet avant de s'adresser à Cayetano en espagnol.

Il lui répondit mais sans détacher un instant son regard de celui de Mareka.

— Le médecin est arrivé, dit-il après le départ d'Ariana. Nous pouvons au moins partager cela, non ?

Incapable de prononcer un mot, elle acquiesça d'un hochement de tête. Puis, comme Cayetano l'invitait d'un geste à passer devant lui, elle se dirigea vers la porte, consciente du regard dardé sur elle.

Son corps avait changé. Elle avait les seins plus lourds, les hanches plus rondes et le teint plus lumineux. L'avait-il remarqué ?

Les yeux verts ne trahissaient aucune émotion lorsque, quelques instants plus tard, elle s'installa sur la table d'examen portable.

Jusqu'à ce que les battements du cœur du bébé résonnent dans la pièce. Un tremblement traversa Cayetano puis, pétrifié, il contempla l'écran bouche bée.

Fascinée elle aussi, Mareka laissa échapper un halètement en voyant d'imperceptibles expressions passer sur le visage de leur bébé, les minuscules doigts remuer...

— *Dios mío*, murmura Cayetano.

Un long soupir franchit ses lèvres.

— Elle... Il... est...

Soulagée et émue de voir que le champion du contrôle en perdait ses mots, Mareka glissa la main dans la sienne. Il sursauta, puis tourna un regard ébloui vers elle.

— Je sais, chuchota-t-elle.

Il déglutit, tandis que le médecin faisait quelques manipulations et hochait la tête en souriant.

— Tout va bien. Vous pouvez continuer votre routine habituelle, Mareka.

Dieu merci... Elle regarda son mari et ne put s'empêcher de resserrer les doigts autour des siens. Quelque chose de positif finirait peut-être par ressortir de tout ceci...

Le médecin leur tendit bientôt les images puis s'en alla discrètement.

De sa main libre, Cayetano lui repoussa une mèche de la tempe puis lui caressa la joue. Il la regarda un long moment dans les yeux avant de descendre lentement sa main au-dessus du corps de Mareka et de l'arrêter au niveau du ventre où se développait leur enfant.

Il déglutit de nouveau.

— Je voudrais... J'ai besoin de te toucher, dit-il, la voix rauque d'émotion.

Le cœur de Mareka fit le petit bond habituel, puis elle hocha la tête avant de se raviser. Tant pis pour la prudence. Et lorsqu'il posa délicatement la main sur son ventre, presque avec révérence, puis leva les yeux vers les siens, elle y vit un tel émerveillement qu'elle ne put s'empêcher de murmurer :

— Je crois qu'il faut qu'on parle, Cayetano.

Il se raidit instantanément, serra les mâchoires et écarta brusquement sa main. Elle retint un gémissement. Elle faillit le supplier de la reposer sur son ventre. Mais elle en avait assez de mendier des miettes, de se renier pour être aimée. Elle méritait mieux que cela.

— C'est le moment où tu commences à poser des ultimatums ? demanda-t-il sèchement.

Son cœur se serra. Elle ignora la douleur qui lui traversait la poitrine et descendit de la table pour lui faire face.

— C'est vraiment ce que tu penses de moi ? rétorqua-t-elle en redressant le menton.

Le visage de Cayetano se ferma complètement. Il enfonça les mains dans ses poches.

— Je t'ai suffisamment montré que je désirais cet enfant. Tu serais stupide de ne pas te rendre compte du pouvoir que cela te confère.

La dernière lueur d'espoir s'éteignit.

— Pour toi, tout se réduit à des rapports de force, n'est-ce pas ?

Ses yeux s'assombrirent, puis il haussa les épaules.

— Pardonne-moi, mais si nous sommes dans cette situation, c'est parce que nous en retirons un profit tous les deux, déclara-t-il d'une voix dure.

Il s'interrompit et scruta son visage.

— N'est-ce pas de cela que tu souhaites parler ? De ce que tu attends maintenant de moi ?

Que tu m'aimes !

Mareka passa ses paumes moites sur sa robe.

— Je ne pensais pas du tout à ce genre de chose quand j'ai dit que nous devrions parler. Je n'ai pas l'intention de faire pression sur toi.

— Non ? fit-il en haussant les sourcils.

Il ne la croyait pas, évidemment.

— Cayetano… Je sais que tu détestes montrer tes émotions… C'est à cause de tes parents ?

À ces mots, il se rigidifia littéralement, mais elle ne renonça pas.

— Si tu veux savoir, moi je… je déteste avoir le sentiment que je suis un pis-aller. Et si nous ne pouvons pas remédier à cela, il y aura toujours… un déséquilibre entre nous. Mais…

Il poussa un juron étouffé.

— Tu n'es pas un pis-aller.

— Dis cela à mes parents qui ne voulaient pas de moi au départ et qui, plus tard, ont tout fait pour m'empêcher d'entrer dans le monde universitaire parce que, si j'échouais, j'allais les mettre dans une position embarrassante vis-à-vis de leurs collègues, et que si, à l'inverse, je réussissais, nous allions être sur un pied d'égalité, voire en concurrence… Ce qu'ils n'auraient pu supporter, bien sûr. En résumé, quoi que je fasse, parce qu'en plus, toute autre possibilité était considérée par eux comme un échec, je n'étais bonne à rien.

— Ils t'ont dit cela ? demanda Cayetano, d'un ton furieux.

— Pas textuellement. Mais j'ai découvert le journal intime que ma mère tenait au moment de son voyage de noces, quand elle a découvert qu'elle était enceinte. Et… cela n'avait rien d'un conte de fées pour la petite fille de neuf ans que j'étais alors, je t'assure. J'avais été un accident puis une obligation, un prolongement inutile d'eux-mêmes qu'ils étaient bien forcés de supporter, et rien n'a changé depuis. Explique-moi comment un enfant est supposé se frayer un chemin dans la vie et se construire, après ça.

Mareka secoua la tête.

— Je n'en avais jamais parlé à personne.

— Et tu crains de ne pas pouvoir empêcher l'histoire de se répéter ? demanda Cayetano, plus crispé que jamais.

Elle redressa les épaules.

— Non, je ferai tout pour enrayer le processus. Je sais ce que c'est que de ne pas être désirée. Je veillerai à ce que mon enfant ne connaisse jamais cela. Je désire ce bébé plus que tout au monde. J'espère seulement que ce que j'ai vécu m'aidera à rester vigilante.

Il la dévisagea un instant, l'air suffoqué.

— Je me trompe, ou je suis visé, *querida* ?

— Tu m'as accusée de parler à ta place. Je parle uniquement en mon nom. Je sais que je ne suis pas parfaite, que ce que j'ai vécu m'a probablement abîmée…

— Cesse de te dévaloriser. Si tu veux mon avis, ce que tu as vécu a produit l'effet inverse.

— C'est facile à dire. Je leur ai annoncé par mail il y a plusieurs semaines que j'étais enceinte et ils ne se sont même pas donné la peine de me répondre. Et lorsque j'ai voulu le leur dire par téléphone, je suis tombée sur la boîte vocale.

— C'est leur problème. Tu es tout l'opposé de ces individus… froids et indifférents que j'ai vus à notre mariage.

Pourquoi ne veux-tu pas de moi, alors ?

Mareka s'éclaircit la voix.

— Ce que je veux dire, c'est que, toi et moi, nous n'avons pas à nous sentir… obligés l'un vis-à-vis de l'autre. Je… J'ai relu le contrat. Il est dit que, si nous estimons tous les deux que nous ne parvenons pas à faire fonctionner ce mariage, nous pouvons partir chacun de notre côté ou…

Il l'interrompit d'un rire cynique.

— Tu as beau t'en défendre, tu ne fais que me prouver que j'avais raison.

— Tu veux bien me laisser terminer, s'il te plaît ?

D'un mouvement brusque, il s'élança vers elle, avant de s'arrêter tout aussi brusquement.

— À quoi bon, puisque je sais ce que tu vas dire ? Tu vas soit me menacer de me quitter, soit me demander la garde de l'enfant, ou encore tu vas vouloir renégocier le contrat afin d'obtenir de meilleures conditions financières. La réponse est non dans tous les cas. Tu dois maintenant avoir compris qu'il faut beaucoup d'argent pour diriger une fondation comme la tienne. Je doute que tu souhaites laisser tomber les gens qui comptent sur toi. Cela devrait suffire à te convaincre de te contenter de ce que tu es : ma femme. Jusqu'à ce que notre arrangement arrive à son terme.

Un véritable étau enserrait maintenant la poitrine de Mareka, lui coupant la respiration.

— Cayetano, ne...

Il sortit une main de sa poche pour l'interrompre d'un geste impérieux.

— La situation n'est pas si dramatique ; nous devrions nous en sortir. J'ai demandé ce matin même à mes avocats de te verser l'équivalent de ce que tu as investi dans la fondation jusqu'à présent. Mais si tu persistes à menacer de te retirer de notre arrangement de quelque façon que ce soit, tu ne bénéficieras plus d'aucun soutien financier de ma part. Est-ce clair ?

— Je ne m'étais pas trompée, riposta-t-elle d'un ton vif. Il s'agit uniquement d'un rapport de force, alors ?

Il baissa les yeux sur son ventre.

— Non, *querida*. Il s'agit de revendiquer ce qui m'appartient. Mes parents m'ont appris une chose : que je ne pouvais compter que sur moi-même. Alors je veille à ce que rien ne me soit donné ou repris sans mon assentiment.

— Tu sais néanmoins que je peux m'en aller n'importe quand, n'est-ce pas ? Ne serait-ce que pour te prouver que je ne veux pas de ton précieux argent. Et que, de toute évidence, tu ne peux pas me donner ce que je désire.

— Tu as tort de me provoquer, *querida*, répliqua-t-il d'une voix doucereuse en sortant son téléphone de sa poche.

Il s'exprima en espagnol mais Mareka comprit qu'il donnait des instructions à son chauffeur.

— Tu t'en vas ?

— Ma présence n'est manifestement souhaitable ni pour toi ni pour moi... ni pour le bébé. *Hasta luego, tesoro.*

Cet au revoir acheva Mareka.

— Tu ne peux pas t'en aller comme ça !

— Ah bon ? fit-il en lui lançant un regard moqueur par-dessus son épaule. Comment comptes-tu m'en empêcher ?

— Espèce de... salaud !

Il se raidit un bref instant mais ne se retourna pas. Il ne s'arrêta pas non plus.

En proie à un affreux mélange d'indignation, de souffrance et de peur, elle se dirigea vers la fenêtre et, cinq minutes plus tard, vit la voiture s'éloigner dans l'allée puis disparaître tout à fait.

Au cours des six semaines suivantes, leurs quelques rencontres furent particulièrement éprouvantes et douloureuses pour Mareka. D'un autre côté, elle apprit beaucoup de choses sur elle-même, notamment sur sa force, ainsi que sur sa capacité d'endurance et de résistance.

Après avoir tenté une dernière fois de joindre ses parents et n'avoir reçu en retour qu'un « nous t'adressons nos meilleurs souhaits », elle se résolut à tirer un trait sur cette relation désastreuse qui ne pouvait lui apporter que des déceptions et des souffrances.

Désormais, elle devait se concentrer en priorité sur elle-même et sur son bébé.

Et tenter une dernière fois de sauver son couple.

Elle se le devait et le devait à leur enfant.

— C'est l'heure de déjeuner !

Mareka leva les yeux et vit Luna, sa nouvelle assistante, entrer dans son bureau et poser un plateau devant elle. La salade au poulet avait l'air délicieuse, mais...

— J'ai quelque chose à vous demander, Luna.

— Dites-moi, je le ferai avec plaisir ! s'exclama la jeune fille en souriant.

Avait-elle vraiment le cran d'aller jusqu'au bout de son idée ? Mareka inspira profondément.

— Mon mari est à New York pour affaires. Pourriez-vous

me réserver un billet d'avion, s'il vous plaît ? J'aimerais aller le rejoindre. C'est une surprise, ajouta-t-elle à la hâte.

Luna écarquilla les yeux, poussa un petit cri excité, puis sortit de la pièce en courant.

En d'autres circonstances, sa réaction aurait amusé Mareka, mais elle était si tendue qu'elle ne parvint même pas à sourire.

12

Seize heures plus tard, l'avion atterrit à l'aéroport JFK et le taxi réservé par Luna la conduisit rapidement à l'hôtel de Manhattan qui se trouvait à quelques minutes à pied de l'immeuble luxueux où Cayetano possédait un appartement.

Les mains tremblantes, Mareka enfila une robe en jersey couleur ivoire qui drapait son corps sans trop mouler son ventre et s'arrêtait juste en dessous du genou.

Personne n'était au courant de sa venue excepté Luna. Du moins l'espérait-elle. Et elle disposait d'un créneau d'une heure dans l'emploi du temps chargé de son mari.

Elle glissa les pieds dans des ballerines toutes simples en cuir couleur café, saisit le manteau en cashmere beige clair, la pochette assortie aux ballerines, et quitta la suite.

Dans l'ascenseur qui descendait au rez-de-chaussée, Mareka fut prise d'un tel trac qu'elle envisagea un instant de rebrousser chemin. Mais quand elle aperçut son reflet dans la paroi-miroir, la vue de son ventre lui redonna du courage.

Elle se devait d'essayer pour son bébé.

Le trajet de l'hôtel à l'immeuble de Cayetano fut trop bref. Le portier lui ouvrit la porte en s'inclinant devant elle.

Impossible de reculer, à présent.

Prêtant à peine attention au luxe qui l'entourait, elle s'engouffra dans l'ascenseur et, le cœur battant à tout rompre, appuya sur la touche correspondant au dernier étage. La cabine s'éleva en silence. Trente secondes plus tard, les portes s'ouvrirent sur un élégant hall d'entrée…

Où l'attendait son sublime mari, les lèvres pincées et les bras croisés sur son torse puissant.

— Quelle surprise, dit-il d'un ton qui n'augurait rien de bon.

Mareka ne s'y arrêta pas, trop fascinée par sa beauté. Avec ses cheveux légèrement décoiffés, sa barbe naissante, il était encore plus attirant. Plus sexy.

— Mareka. Peux-tu me dire pourquoi tu as fait plus de huit mille kilomètres pour venir ici alors que tu savais que je rentrais dans deux jours ?

Lentement, il laissa descendre son regard sur elle. À quoi pensait-il ? Elle brûlait de le savoir mais elle était trop terrifiée pour le lui demander. Mieux valait dire ce qu'elle avait à dire avant de perdre tous ses moyens.

— Nous avons une conversation à terminer. Et cette fois, tu vas m'écouter jusqu'au bout, commença-t-elle avec une fermeté qui la surprit elle-même.

— Tu as l'air très émue, dit-il en plissant les yeux.

— Oui, je le suis. Je ne suis pas un robot, moi !

De la fureur à l'état brut flamboya dans son regard, avant de disparaître petit à petit et de ne laisser que du vide.

— Tu ne fais que confirmer mon opinion. Tu comprends pourquoi je ne peux me permettre d'être l'esclave de ce genre de… folie ?

— Non, répondit-elle du tac au tac. Je ne comprends pas.

Cayetano éclata d'un rire dur puis secoua la tête.

— Tu voudrais peut-être que je m'embarque dans une aventure susceptible de me détruire ?

— Pas forcément. On peut regarder les choses autrement. Si une émotion te procure du bonheur, n'est-ce pas une bonne chose ? Tu prends chaque jour des risques insensés, tu relèves des défis incroyables pour décrocher des contrats, et cela te procure du plaisir, non ?

— Oui, mais ces contrats ne se retournent pas contre moi. Ils ne manipulent pas, ne se rétractent pas, ne déçoivent pas.

— Qu'est-ce que tu cherches à me faire comprendre, exactement ? Quand t'ai-je manipulé ? Quand me suis-je rétractée et quand t'ai-je déçue ? De qui parles-tu, au juste ? De tes parents ?

Il pinça les lèvres, tourna les talons et franchit la double porte donnant sur un immense salon au luxe époustouflant.

— Mes parents ne détiennent plus ce genre de pouvoir sur moi. Mais avec les femmes, cela finit toujours par arriver à un moment ou un autre. Ce n'est qu'une question de temps.

— Et tu peux prédire l'avenir, c'est cela ?

— Non. Mais il suffit de regarder autour de soi pour voir que la plupart des relations échouent. Surtout lorsque le lien qui unit les deux partenaires est purement physique.

— Un lien purement physique..., répéta-t-elle tristement. Tu penses que c'est tout ce qui nous unit ?

— Et peut-être aussi une responsabilité commune envers notre enfant.

Il s'interrompit et se passa la main dans les cheveux.

— Pourquoi es-tu venue, Mareka ?

— Je suis venue voir s'il y avait quelque chose à sauver de notre relation. Et j'ai déjà la réponse.

Une lueur indéchiffrable traversa les yeux verts.

— Tu aurais dû m'appeler. Je t'aurais épargné ce long voyage.

Le sol bascula sous ses pieds.

— Je n'en reviens pas ! Tu es vraiment... impossible !

Les narines de Cayetano frémirent, il haussa les épaules.

— Tu dis que je ne suis pas un pis-aller, mais tu es impatient de me voir partir... ne dis pas le contraire, continua Mareka. Tu sais ce que tu es ? Un lâche.

Il eut un mouvement de recul, puis se figea complètement.

— Surveille tes paroles, *querida*.

— Pourquoi ? Qu'est-ce que j'ai à perdre ? Et je t'interdis de m'appeler *querida* alors que tu me traites comme une étrangère.

— C'est mieux ainsi.

— Non, rétorqua-t-elle en rassemblant ses dernières forces. Et je suis désolée pour toi, parce que lorsque tu le comprendras, il sera trop tard.

Son mari la dévisagea d'un air choqué, avant de se ressaisir aussitôt, naturellement.

Il croisa les bras et haussa les sourcils.

— Tu as terminé ? fit-il avec un petit sourire moqueur.

En effet, elle n'avait plus rien à lui dire. Mareka le dévisagea un instant en silence, puis fit volte-face et se dirigea vers la porte.

— Où vas-tu ?

— À ton avis ? Je m'en vais.

Il surgit devant elle, la souleva dans ses bras et retraversa la pièce en sens inverse.

— Qu'est-ce que tu fais ? Lâche-moi !

— Calme-toi, *querida*.

— Non ! Je ne me calmerai pas !

Sourd à ses protestations, il entra dans une vaste chambre où dominaient des tons bleus et or, puis l'étendit avec précaution sur le lit avant de reculer aussitôt.

— J'ai rendez-vous avec mes avocats. Je serai de retour dans deux heures. Attends-moi, nous rentrerons à la maison ensemble.

Par « la maison », il entendait l'endroit sécurisé où il pouvait veiller sur elle uniquement parce qu'elle portait son enfant. Ce ne serait jamais un foyer chaleureux et rempli d'amour.

— Tu es d'accord avec moi pour dire que cette situation a assez duré, n'est-ce pas ? insista-t-il en fouillant son regard.

Mareka souffrait tellement qu'elle ne pouvait ni bouger ni articuler un mot. Le moment était venu de mettre fin à cette situation, en effet. D'accepter qu'ils ne formeraient jamais un vrai couple.

Le cœur en lambeaux, elle le regarda sortir son smartphone et appeler le service de restauration en chambre. Ensuite, il remit l'appareil dans sa poche, la dévisagea en plissant le front, puis se détourna et quitta la pièce.

Anéantie, Mareka essaya de retenir les sanglots qui montaient de sa gorge mais échoua lamentablement. Elle pleura tout son soûl, longtemps. Mais cela n'atténua en rien son chagrin. Les larmes ne cessèrent que lorsqu'elle accepta que tout était fini entre elle et Cayetano.

Ce fut seulement à ce moment-là qu'elle retrouva de l'énergie. Elle se leva, ramassa ses ballerines au passage, puis regagna le salon, récupéra son sac, son manteau…

Elle l'enfila, s'essuya rapidement les joues en espérant ne croiser personne en route, et quitta l'appartement.

Cinq minutes plus tard, elle sortit de l'immeuble par l'issue de secours et reprit le chemin de son hôtel.

Une fois dans sa suite, elle refit sa valise en un clin d'œil, vérifia qu'elle n'avait rien oublié, et descendit régler sa note.

Le taxi réservé par téléphone l'attendait devant l'hôtel.

Une fois installée à l'arrière du véhicule qui la reconduisait à l'aéroport JFK, elle contempla la bague destinée à une autre.

Se croyant naïvement armée contre la souffrance, elle s'était glissée dans un rôle qui n'était pas fait pour elle.

Elle s'était tellement trompée.

Sentant venir un nouvel accès de larmes, Mareka serra résolument les mâchoires et se concentra sur la nuque du chauffeur jusqu'à ce qu'ils arrivent à l'aéroport.

Quand elle présenta son passeport au comptoir de la compagnie aérienne, l'employée la regarda en écarquillant les yeux.

— Mais, madame Figueroa, votre retour n'est prévu que…

— Je ne rentre pas en Argentine, l'interrompit Mareka. Puis-je modifier ma destination ?

— Naturellement. Si vous voulez bien m'accorder quelques instants ?

Elle acquiesça d'un hochement de tête. On satisfaisait sa demande uniquement parce qu'elle était l'épouse de Cayetano, mais peu importait. Bientôt, elle redeviendrait Mareka Dixon et retournerait à l'anonymat.

À cette pensée, une douleur aiguë lui traversa la poitrine, si vive qu'elle laissa échapper un halètement.

Mais sa résolution ne vacilla pas.

À l'aéroport d'Heathrow, Mareka prit un nouveau taxi qui la déposa devant l'entrée de Hyde Park située à proximité de la joaillerie Smythe.

Durant le long vol, elle avait pris une décision douloureuse mais irrévocable. Au moment où elle levait la main pour essuyer une nouvelle larme, sa bague de fiançailles et son alliance avaient soudain attiré son regard, et elle avait senti son cœur se déchirer encore une fois.

Elles étaient si belles. Elle ne pouvait supporter de les regarder. Elle ne voulait pas les regarder. Fouillant dans son sac à main, elle avait fini par retrouver la fameuse carte noire et avait laissé échapper un petit soupir de soulagement, puis s'était mordu la lèvre. Serait-elle seulement autorisée à pénétrer dans le prestigieux établissement de Mlle Smythe ?

Elle pouvait toujours essayer.

Cayetano avait raison. Il fallait beaucoup d'argent pour faire fonctionner une fondation comme la sienne. Or ces bagues valaient une fortune. Mareka les adorait, elle y tenait énormément, mais elles lui rappelleraient toujours celui qui les lui avait offertes et qu'elle avait perdu à tout jamais. L'homme qu'elle aimait et qui ne l'aimerait jamais en retour.

Ignorant les SMS reçus et les appels manqués, Mareka avait composé le numéro de la joaillerie dans le taxi qui roulait en direction de Knightsbridge, était bien sûr tombée sur une boîte vocale et avait entendu une voix stylée la prier de laisser un message.

Elle reçut un SMS deux heures plus tard, alors qu'elle était assise sur un banc de Hyde Park et regardait devant elle sans rien voir.

Mlle Smythe l'attendrait à midi.

— Nous ne sommes pas des prêteurs sur gage, madame Figueroa.

Cette fois-ci, Mareka avait été invitée à entrer dès son arrivée et quand elle s'était retrouvée face à l'impressionnante Mlle Smythe, elle avait failli rebrousser chemin avant de se traiter d'idiote.

Qu'avait-elle à craindre hormis un refus ?

Aussi avait-elle repris courage et demandé calmement à Mlle Smythe si elle pouvait lui rendre la bague de fiançailles et l'alliance.

Et maintenant, elle ne savait que répliquer à la réponse de la femme élégante et sophistiquée qui baissait les yeux sur son ventre. Quelque chose de doux passa dans le regard de Mlle Smythe, ses narines frémirent imperceptiblement, puis elle reporta son attention sur les bagues.

— Vous êtes certaine de ne pas vouloir les garder ? Si je les reprends, ce sera définitif.

— Oui, j'en suis certaine.

Mlle Smythe hocha la tête puis regarda son bracelet.

— Il vous va bien, dit-elle.

— C'est l'une de vos créations ? demanda Mareka, surprise.

L'ombre d'un sourire passa sur les lèvres couleur rubis.

— Il fait partie d'une collection qui m'a été commandée spécialement. Je me suis demandé...

Elle s'interrompit brutalement.

— Que vous êtes-vous demandé ? ne put s'empêcher de demander Mareka.

— Excusez-moi, répliqua Mlle Smythe. Je n'aurais pas dû...

— Dites-le-moi, s'il vous plaît. J'ai besoin de savoir.

— Je me suis interrogée sur la signification de l'inscription, finit par répondre Mlle Smythe d'un trait.

— Quelle inscription ? fit Mareka en plissant le front.

— « La esperanza nunco muere. » « L'espoir ne meurt jamais. »

La réponse ne fut pas donnée par Mlle Smythe mais par la belle voix grave et profonde de Cayetano.

Mareka se retourna, suffoquée, tandis que la joaillière disparaissait derrière les rideaux de soie.

— Que fais-tu ici ? murmura-t-elle, le cœur battant à tout rompre.

Il promena lentement son regard sur elle.

— Tu es partie sans m'attendre.

— Et tu m'as suivie ? Pourquoi ? Pour me retenir contre mon gré ? Pour me faire souffrir encore plus ?

— Non. Parce que tu avais raison. Je suis un lâche.

Elle le regarda en retenant son souffle.

— Ce que j'ai dit à New York...

— Tu avais raison sur tout, l'interrompit-il en s'avançant vers elle d'un pas déterminé. J'ai refusé de regarder la vérité en face. Et si tu n'étais pas venue me retrouver à New York, j'aurais continué à fuir.

Son cœur battait si fort, à présent, qu'elle se posa la main sur la poitrine pour tenter de se calmer.

Cayetano s'arrêta et baissa les yeux sur les bagues abandonnées sur le coussin de soie.

— Je pensais que tu resterais avec moi, reprit-il. Ne serait-ce qu'à cause de notre contrat. Mais maintenant...

Il redressa la tête, une lueur étrange au fond des yeux.

— Tu me quittes, n'est-ce pas ?

Un sanglot monta de sa gorge mais elle réussit à le contenir.

— Je le dois. Je n'ai pas le choix.

Une expression hagarde passa sur le visage de Cayetano.

— J'en voulais à mon grand-père de m'avoir placé dans cette situation. Mais au fond, si je refusais de céder à ses exigences, c'était à cause de cela. De la peur viscérale de perdre la seule chose que je chérirais plus que tout au monde.

— De... De... quoi parles-tu ? balbutia Mareka.

— Tu m'as fascinée. Tu m'as défiée. Je t'ai désirée comme jamais encore je n'avais désiré une femme. Tu m'as terrifié. Ta passion m'a terrifié. Lorsque tu as su que tu portais mon enfant, tu as aussitôt accepté ton nouveau rôle de mère, alors que je me sentais totalement incapable d'être père. Tu as réussi à vaincre toutes mes résistances.

— Cayetano... Je ne sais toujours pas ce que tu...

— Je veux dire que lorsque je suis rentré et j'ai découvert que tu étais partie... Je ne peux pas continuer à fuir, Mareka. Ça me tue. Alors je suis là, et je me rends.

La joie qui s'était déployée en elle disparut.

— Je ne veux pas que tu te rendes si c'est pour m'en vouloir plus tard.

Il éclata de rire.

— Si tu me montres, ne serait-ce que par un tout petit signe, que tu veux bien de moi, je ne te quitterai plus jamais.

— Cayetano. Je ne... Je...

— Dis-moi pourquoi tu es venue me voir à New York, *tesoro*, l'interrompit-il doucement.

Parce que je t'aime.

— Dis-le-moi, Mareka. S'il te plaît. Tu venais m'annoncer que tu me quittais ?

— Non, répondit-elle en secouant la tête.

— Mais tu es ici, et tu souhaites te débarrasser de tes bagues. Après que je t'ai repoussée. Parce que tu ne pourrais jamais m'aimer autant que je t'aime.

Abasourdie, elle le dévisagea un instant en silence.

— Tu « m'aimes » ? Mais...

— Je te l'ai montré de la pire manière qui soit ? Oui, j'en suis conscient. Je t'ai ignorée, négligée, brusquée, je t'ai à peine écoutée parce que je savais que je n'étais pas à la hauteur. Que je ne te méritais pas. Je craignais que tu finisses par me voir tel que je suis et…

— Tu m'aimes, Cayetano ? Tu m'aimes vraiment ?

Doucement, il referma les mains sur son visage.

— Comme un fou, *tesoro*.

— Je t'aime, mon chéri. Je t'aime tellement. J'ai eu si peur de t'avoir perdu à tout jamais. Et je suis si heureuse, maintenant…

Mareka se jeta dans ses bras et lui offrit ses lèvres.

Le baiser dura longtemps. Jusqu'à ce qu'une toux discrète résonne derrière eux et qu'ils redressent la tête tous les deux.

— Vous n'avez pas changé d'avis, madame Figueroa ? demanda Mlle Smythe en haussant légèrement les sourcils.

— Elle vous restituera ses bagues uniquement si c'est pour en choisir d'autres, répondit Cayetano avant que Mareka ait eu le temps d'ouvrir la bouche.

Elle sourit et tendit la main pour reprendre sa bague et son alliance.

— Merci, mademoiselle Smythe. Je préfère les garder, finalement.

L'ombre d'un sourire se dessina sur les lèvres de la célèbre joaillière avant que celle-ci disparaisse de nouveau derrière les rideaux de soie.

Cayetano prit les deux bagues et les lui glissa au doigt.

— Je propose que nous rentrions à la maison, maintenant, dit Mareka. Et que nous commencions notre nouvelle vie.

Pour toute réponse, il la souleva dans ses bras.

— Qu'est-ce que tu fais ?

— C'est comme ça que tout a commencé, et que ça continuera. En outre, il faut que tu essaies les autres pièces de ta collection.

— Ma collection ?

— Celle dont fait partie le bracelet que j'ai demandé à Ariana de glisser dans tes affaires il y a deux semaines.

— Oh ! Je comprends pourquoi je ne le reconnaissais pas…

— Je voulais que mon espoir repose contre ta peau.

Sur ces paroles, il l'embrassa de nouveau avant de sortir du salon et d'entrer dans un autre où était exposée sa collection personnelle. Ce même salon où Mareka avait choisi la bague de fiançailles qui l'avait conduite à l'amour.

Au moment où Cayetano l'asseyait sur une chaise, elle laissa échapper un petit halètement en sentant le bébé remuer légèrement dans son ventre.

— Qu'y a-t-il ? demanda Cayetano en blêmissant.

— Je crois que notre enfant vient de manifester son approbation.

L'expression émerveillée éclaira tout son beau visage.

— Je t'aime, *tesoro*. Et j'aime déjà notre enfant. De tout mon être.

— Et nous, nous t'aimons doublement, murmura Mareka.

Épilogue

Dix mois plus tard.

— Cette collection sera-t-elle complète un jour ? soupira Mareka d'un air faussement exaspéré.

En réalité, elle était bien trop heureuse pour en vouloir à qui que ce soit.

Elle baissa les yeux sur le bébé endormi dans ses bras et sentit la joie déborder de son cœur.

La mystérieuse Mlle Smythe avait disparu une fois de plus, comme elle le faisait toujours après avoir étalé ses superbes créations, les laissant seuls pour les admirer tranquillement.

— Que veux-tu, chaque nouvelle pièce met si bien en valeur la beauté de la mère de mon fils que je ne peux me résoudre à la déclarer complète...

— Je suis seulement la mère de ton fils ? le taquina Mareka.

Un tel amour se lisait dans les yeux de Cayetano, une telle dévotion qu'elle le regarda en retenant son souffle. Et quand il tendit la main pour caresser la joue de leur fils, Javier, elle fondit complètement.

— Choisis tes diamants, mon amour. Ensuite, nous rentrerons à la maison et je m'empresserai de te montrer à quel point je t'aime.

Vous avez aimé ce roman ?
Découvrez la suite de votre série
« Désir & pierres précieuses » dès le mois prochain
dans votre collection Azur !